Lydia Preischl lebt mit ihrem Mann in einem kleinen Dorf im Oberpfälzer Wald. Sie hat zwei erwachsene Töchter. Seit sie denken – und schreiben – kann, widmet sie sich dem Erfinden von Geschichten. Diese sind so unterschiedlich, dass es nicht gelingt, sie auf ein Genre festzulegen. Ihr Ziel ist es, ihre Leserinnen und Leser in eine andere Welt zu entführen, zu unterhalten und zu entspannen.

Besuchen Sie die Website der Autorin:

www.allerlei-leserei.de

Hier erfahren Sie alles über bisherige und kommende Projekte.

Lydia Preischl

Nicht von dieser Welt

Wilde Jahre

Ein Amisch-Roman

Bibliografische Information der Deutschen Nationalbibliothek:
Die Deutsche Nationalbibliothek verzeichnet diese Publikation
in der Deutschen Nationalbibliografie; detaillierte bibliografische
Daten sind im Internet über http://dnb.dnb.de abrufbar.

© 2016 Lydia Preischl
Auflage 1/2016
Umschlagfoto: Lydia Preischl

Herstellung und Verlag:
BoD – Books on Demand, Norderstedt
ISBN 978-3-8370-8682-9

Prolog

Ich mache mir Sorgen. Ich habe acht Kinder. Alle haben mir Sorgen bereitet, aber auch Freude. Meistens Freude. Bei Markus ist dies anders. Er ist mein Lieblingskind. Niemand weiß das und es wäre mir auch lieber, ich müsste das vor mir selber nicht zugeben. Es zeugt davon, dass ich eine schlechte Mutter bin, wenn ich ein Lieblingskind habe. Ich hoffe, dass die anderen sieben es nie spüren mussten.

Doch – einer weiß, dass mein jüngster Sohn mir näher steht, als die anderen. Es ist Ruben, mein Mann. Ich musste es ihm nicht sagen, er sieht es jeden einzelnen Tag, den Gott werden lässt. Und er missbilligt es. Weil er alles missbilligt, was Markus tut. Leider bin ich daran nicht unschuldig. Als Markus klein war, hing er ständig an meinem Rockzipfel. Um ihn zu beschäftigen, durfte er tun, was ich tat: Gemüse zerkleinern, im Kuchenteig rühren, Brote belegen. Er liebte es zu kochen. Anfangs dachte ich mir nichts dabei, ihn helfen zu lassen, später aber, als Ruben mich immer öfter darauf hinwies, erkannte ich auch, dass das absolut nichts war, was amische Jungs in erster Linie lernen sollten.

„Ruth!", pflegte mein Mann zu sagen, „Ich geduldе nicht, dass du den Jungen ins Weibsvolk hineinziehst. Er ist mehr mit seinen Schwestern unterwegs, als mit seinen Brüdern."

Schweren Herzens schickte ich ihn zu seinem Vater aufs Feld und in den Stall. Weil der Junge sich so schwer von mir trennte, gab es harte Worte seines Vaters. Markus konnte das nicht ertragen. Er lief oft weinend zu mir, bis ihn sein Vater wieder zurückholte und ausschimpfte. Manchmal ließ er ihn auch die Rute spüren. Ich gebe mir die Schuld dafür. Ich hätte wissen müssen, dass es so kommen würde, wenn der Junge erst älter war.

Ruben versteht seinen Sohn nicht und er gibt mir die Schuld daran. Er gibt sie mir bis heute. Markus ist fast erwachsen. Wir

Eltern hatten gehofft, er würde sich ein gutes amisches Mäd-
chen suchen und eine Familie gründen.
Aber Markus entfernt sich mit jedem Tag mehr und mehr von
uns. Dabei ist das noch nicht einmal das Schlimmste. Er ent-
fernt sich von der Gemeinschaft. Er stellt Fragen, auf die es
keine Antworten gibt. Nicht in der amischen Gemeinschaft.
Nicht in der Ordnung. Nicht hier in unserem Bezirk. Und auch
nicht in den Bezirken um uns herum. Denke ich.
Ich mache mir Sorgen und meine Sorgen sind begründet. Über
kurz oder lang wird uns Markus verlassen. Und mir wird es
das Herz brechen.

Kapitel 1

Die altertümliche Bimmel an der Ladentür klingelte, so oft jemand das Geschäft betrat oder verließ. Eigentlich hatte die Glocke den Zweck, den Arbeitern im Hinterzimmer akustisch anzuzeigen, dass jemand im Laden stand. Da aber Johannes Bontrager und Markus Troyer häufig im Ausstellungsraum zu tun hatten, hörten sie das Geräusch meistens nicht mehr. Vielmehr erahnten sie die Kundschaft an der Art, wie das Licht der breiten Schaufenster gebrochen wurde, wenn jemand die Tür öffnete.

Draußen lag noch Schnee und obwohl die Temperaturen langsam aber sicher anstiegen, hatte sich das Frühjahr noch nicht durchgesetzt. Um diese Jahreszeit kamen hauptsächlich Stammkunden aus Philadelphia, Harrisburg oder sogar bis aus Washington. Sie wussten, dass der Schreiner nun Zeit für ihre Sonderwünsche hatte.

Johannes Bontrager war ein Meister seines Faches. Für seine amischen Nachbarn hielt er zweckmäßige Möbel bereit, die sich in den einfachen Wohnstuben seiner Glaubensgenossen gut einfügten. Die Kommoden, Tische und Stühle waren massiv, sorgfältig gearbeitet, aber ohne Verzierungen oder Schmuckelemente. Die antiken Möbel, die die englische Kundschaft vorbeibrachten, lebten von Intarsien, filigranen Ausschmückungen und verschiedenen Holzarten, die kunstvoll zusammengefügt worden waren. Weil Johannes die Fertigkeiten besaß, diese Werkstücke zu restaurieren, nahmen seine Kunden weite Fahrten auf sich.

Markus hatte Glück gehabt, in mehrfacher Hinsicht. Das größte Glück war, dass sein Vater ihm erlaubt hatte, dem Schreiner zur Hand zu gehen, ohne jedoch zu wissen, wofür Johannes seinen Sohn so dringend brauchte. Wäre ihm klar gewesen, dass Markus *dieses eitle englische Zeug* bearbeiten würde, hätte er seine Einwilligung vielleicht gar nicht gegeben.

Und natürlich hatte Markus das Glück, dass Johannes per Zufall bei einem Besuch bei den Troyers zu Hause entdeckt hatte, welches Talent in dem Jungen schlummerte, als dieser ihm bei einer Schreinerarbeit zur Hand ging. Seit Markus nach acht Schuljahren aus der Schule entlassen wurde, ging er mehrmals in der Woche zur Schreinerwerkstatt nach Paradise, jener kleinen Stadt, die in einer Reihe mit Bird-in-Hand und Intercourse lag. Paradise befand sich in dem Bezirk, in dem die Troyers lebten, und war auch die am nächsten gelegene Stadt. Dennoch musste Markus mehr als zwei Meilen zurücklegen, bis er bei Johannes Bontragers Werkstatt ankam. Der wiederum lebte mit seiner großen Familie etwa eine halbe Meile in die, vom Troyer-Anwesen aus gesehen, entgegengesetzte Richtung von der Stadt entfernt.

Inzwischen hatte Markus beinahe drei Jahre bei Johannes verbracht und dabei nicht nur wissbegierig alle Fertigkeiten des Schreiners in sich aufgesogen, er hatte auch erkannt, dass es nicht allein Fleiß war, der ihn diese Arbeit so gut erledigen ließ. Er hatte eindeutig Talent dafür. Aber Talent war *eitel*. Es ließ den Kopf hoch tragen und machte stolz, zu stolz für einen demütigen Amisch. Jedenfalls wenn man den Ausführungen seines Vaters Glauben schenkte. Seines Vaters Ansichten waren jedoch die des Bischofs und der Prediger in ihrem Bezirk und von daher Gesetz.

Seit Stunden hielten sie sich im hinteren Bereich des Geschäftes auf, wo sich die schweren Werkzeuge und Maschinen befanden. Grundsätzlich war es den Amisch in ihrem Bezirk verboten, Elektrizität zu benutzen, doch es gab begründete Ausnahmen. Die Schreinerwerkstatt hatte Stromanschluss, aber Johannes nutzte nur zum Schneiden der schweren Holzteile diesen Luxus. Sein Gewissen gebot ihm, nur im äußersten Notfall die Annehmlichkeiten der modernen Technik anzuwenden. Dazu gehörte auch das Telefon. Lediglich zum Kundengespräch wurde der Apparat benutzt, niemals zu einem privaten Plausch.

Gerade waren sie damit fertig geworden, dicke Bretter für eine schwere Kommode zurechtzuschneiden, als ein Schatten in den rückwärtigen Raum fiel.

„Da ist jemand im Laden." Johannes nickte Markus zu, der sich die Hände an einem Tuch abwischte und nach vorne ging.

Mit Erstaunen sah Markus durch die große Scheibe, dass auf dem beinahe leeren Parkplatz draußen ein Reisebus stand. Ein Rudel von Touristen ergoss sich auf den Platz, der von vielen Geschäften umringt war. Direkt neben der Schreinerei waren im Laden von Mrs. Weisz, einer mennonitischen Witwe, wunderschöne Quiltdecken ausgestellt, wiederum daneben bot Henner Schwartz leckeres Backwerk an und zur anderen Seite gab es Obst und Gemüse zuhauf, dazu eingemachte Spezialitäten aus dem Haushalt von Mettie Schwartz und ihren Schwestern und Schwägerinnen. Auf der anderen Seite des Parkplatzes gab es ein Blumengeschäft und eine Brezelbäckerei. Letztere gehörte John Schwartz, einem von Henners Brüdern.

Die Schwartz' waren alle miteinander verwandt, wenn auch nicht übermäßig eng. Schon ihre Vorfahren hatten viele Kinder, die auch wieder viele Kinder hatten. So gab es hier im Bezirk sehr viele Familien mit diesem Namen.

Den Blumenladen hatte eine Englische aus Coatesville eröffnet, die allerdings von einigen amischen und mennonitischen Frauen aus dem Bezirk beliefert wurde. Sie machte vor allem Blumengestecke und sonstigen Zierrat für die englische Kundschaft.

Im Bezirk lebten Amisch, Mennoniten und auch Englische, wie alle übrigen Nachbarn genannt wurden, zusammen. Das Land war weit, so dass die Häuser zumeist in gutem Abstand voneinander standen, was nicht bedeutete, dass man keine gute Nachbarschaft pflegte. Viele der amischen unverheirateten Mädchen, die mit vierzehn Jahren die Schule beendet hatten, arbeiteten als Hausmädchen in den nicht-amischen Haushalten. Ihre Sauberkeit und Pünktlichkeit war sprichwörtlich und ihre Dienste sehr begehrt. Andererseits nahmen viele der amischen Bewohner die Fahrdienste der Mennoniten, denen Autofahren erlaubt war, und der englischen Nachbarn in Anspruch, wenn sie eine Besorgung in den weiter entfernten Städten hatten, was zwar eher selten der Fall war, aber eben auch vorkam. Oft waren es Bank- oder Immobiliengeschäfte, die eine notarielle Beglaubigung notwendig machten, meistens jedoch Arztbesuche bei einem Spezialisten in Coatesville, Harrisburg oder gar Philadelphia.

Nun standen die ersten Kunden aus dem Bus im Laden und bewunderten die kleinen Schmuckkästchen, die mit ihren filigranen Sternintarsien eine Spezialität Johannes' waren. Er stellte sie ausschließlich für die Touristen her, da die Kästchen eine Größe hatten, die in ein Fluggepäck passte, und auch für weniger betuchte Besucher erschwinglich waren. Er hatte auch buntbemalte Nistkästen für Vögel, hölzernes Kinderspielzeug und dergleichen mehr im Angebot.

Die beiden Kunden, ein junges Pärchen, hielten sich innig umschlungen, während der Mann mit der rechten Hand eines der Kästchen öffnete und die Frau mit ihrer freien linken Hand den Einlegeboden herausnahm. Markus schmunzelte, wenn auch ein wenig wehmütig. Sich derart verliebt in der Öffentlichkeit zu zeigen, war für ein amisches Pärchen absolut unmöglich.

Markus überlegte, dass er ohnehin kaum Paare kannte, die derart verliebt waren. Der kleine Bezirk bot wenig Auswahlmöglichkeiten in Bezug auf einen potentiellen Lebenspartner, obwohl die einzelnen Familien sehr viele Kinder hatten. Aber man wuchs zusammen auf und kannte sich viel zu gut, um dem Zauber der Verliebtheit in dem Maße zu verfallen, wie er dies bei den Touristen oder seinen Ausflügen in die nahen Städte immer wieder beobachtete. Und natürlich gebot die anerzogene Zurückhaltung einen geziemten Umgang miteinander. Man heiratete früh, einer unverheirateten jungen Frau von 25 Jahren haftete bereits der unsichtbare Makel eines ältlichen Fräuleins an. Trotzdem kannte Markus viele Paare, junge und auch ältere, die einander sehr zugetan waren. Leider traf das nicht auf seine Eltern zu. Als er jünger war, stritten sie viel, wobei seine Mutter irgendwann still war und sein Vater zornig weiter lamentierte. Inzwischen waren sie ruhiger geworden. Die Auseinandersetzungen tobten seltener, aber sie sprachen auch seltener miteinander. Er hatte zuweilen den Eindruck, dass die Ehe funktionierte, weil sie darin übereingekommen waren, eine Zweckgemeinschaft zu sein. So, wie Menschen in einer Firma zusammenarbeiteten. Andererseits blieb ihnen auch nichts anderes übrig, weil Amische zusammenblieben bis zum Tod eines Partners.

Unwillig schüttelte Markus den Kopf, was die beiden Kunden auf sich aufmerksam machte.

„Wir möchten uns umsehen. Das ist doch erlaubt?" Die junge Frau bemühte ein holpriges Englisch und Markus hörte am Akzent, dass sie aus dem deutschen Sprachraum kommen musste.

„Selbstverständlich!" Er sprach sie in ihrer Muttersprache an und freute sich, ein wenig Hochdeutsch üben zu können. Sowohl in der Schule als auch zu Hause sprachen sie den eigenen amischen Dialekt, der der deutschen Sprache entstammte. Viele der Kinder lernten erst im Schulalter zum ersten Mal die englische Sprache kennen und für einige blieb Englisch ihr Leben lang eine Fremdsprache. Er seinerseits liebte Deutsch. Die Sprache wurde ihnen von einer jungen Frau beigebracht, die aus Deutschland stammte und mit einem Amerikaner verheiratet war. Sie hatte vom Bischof die Erlaubnis bekommen, den amischen Kindern Sprachunterricht zu erteilen, was angesichts der absoluten Talentfreiheit einiger Mitschüler in Bezug auf Sprachen ein durchaus mühsames Unterfangen war.

Die junge Frau im Laden hob die Augenbrauen und sah überrascht aus: „Sie sprechen deutsch?", sagte sie, langsam und jedes Wort zuvorkommend betonend.

„Alle Amisch sprechen deutsch, zumindest das, was sie dafür halten. Aber nicht jeder spricht hochdeutsch." Markus musste sich bemühen, nicht allzu stolz zu klingen, und doch genoss er das Erstaunen der beiden jungen Leute. Doch er schaute sich verstohlen nach Johannes um, der seine Unterhaltung sicherlich als ungehörig beurteilen würde. Aber der Schreiner war noch im Nebenraum.

„Oh, Sie sprechen hervorragend", beeilte sich die junge Frau noch einmal besonders hervorzuheben.

Markus kannte auch diese Reaktion. Manche Touristen hielten die Amisch für rückständig und vielleicht sogar für dumm, sicher aber für einfältig, weshalb sich viele seiner Nachbarn bemühten, dem Trubel hier in der kleinen Stadt aus dem Weg zu gehen. Andere wiederum kümmerten sich nicht weiter darum und nutzten die Gelegenheit, ihren Lebensunterhalt mit den Besuchern zu verdienen.

„Bitte, schauen Sie sich in aller Ruhe um. Und wenn Sie Hilfe benötigen, fragen Sie nur", bot Markus noch einmal an und zog sich dann in eine Nische zurück, wo er Schreinermaterial in Behälter einsortierte. Es war die Arbeit, die sie taten, wenn Kunden im Laden waren, die sich, so wie dieses Pärchen, nur umsahen. Auf diese Weise waren sie präsent, aber nicht aufdringlich. Und die Materialecke hatte Ordnung dringend nötig, nachdem Ephraim Stolzfuß darin herumgewühlt, dies und das herausgerissen, wieder weggelegt und Neues hervorgesucht hatte. Er hatte damit zu Hause versucht, einen Küchenschrank zu reparieren, musste aber letztendlich doch den Schreiner holen. Jeder wusste, dass Ephraim zwei linke Hände hatte, was Holzarbeiten betraf, nur Ephraim selber hatte davon keine Ahnung.

Normalerweise erledigten die Amisch ihre Reparaturen selbst und sie holten lediglich das Material, zuweilen auch spezielle Werkzeuge bei Johannes, doch manchmal benötigten sie doch die Kunstfertigkeit eines Schreiners. Dann holten sie ihn oder auch Markus, der sich inzwischen ganz hervorragend auf das Handwerk verstand.

„Ach, bitte!" Die junge Frau hob die Hand, um auf sich aufmerksam zu machen. Er lächelte ihr zu, eine Geste, die auch nicht selbstverständlich war unter den amischen Männern, die sich lieber sehr ernsthaft und distinguiert gaben. Im Falle von Markus kam dieses Lächeln sehr gut an, weil er ein außerordentlich hübscher Bursche war, was noch viel deutlicher zu Tage trat, seit er einen *eitlen* Haarschnitt trug, wie sich sein Vater abfällig ausdrückte.

Eitle Haarschnitte, das Entdecken der größeren Städte ringsherum, ja sogar Partys oder Kino, waren ihm durchaus erlaubt. Er war altersmäßig in seiner *Rumschpringa-Zeit*, was bedeutete, dass er die englische Welt ausprobieren durfte. Gerade amische Jungs schlugen dabei gerne über die Stränge, nicht, weil sie nur darauf warteten, endlich loslegen zu können, eher aus dem Grund, weil sie aufgrund ihrer Erziehung von gewissen Dingen außerhalb ihrer Gemeinschaft überrascht wurden. Seine Eltern sahen seine Gehversuche in der englischen Welt mit den allergrößten Bedenken. Sie beide hatten unabhängig voneinander den Eindruck, dass ihr Sohn sich viel zu sehr für alles Weltliche interessierte.

Für Mädchen galt dieser großzügige Brauch nur eingeschränkt. Nicht nur die Eltern achteten streng darauf, dass ihren beinahe heiratsfähigen Töchtern nichts passierte, auch die Mädchen selber hatten gehörigen Respekt vor den wilden Umtrieben ihrer *englischen* Altersgenossen.

Markus stand nun neben dem jungen Paar.

„Was kann ich für Sie tun?"

„Was kostet dieses Kästchen hier?" Sie deutete auf ein kleines Exemplar aus Kirschbaumholz, das er, Markus, als eines seiner ersten, wirklich komplizierten Werkstücke angefertigt hatte. Es war ihm ausnehmend gut gelungen und es freute ihn, dass sie sich ausgerechnet dieses ausgesucht hatte.

Er überlegte. Normalerweise wäre der Preis bei 39 Dollar gewesen, doch aus irgendeinem Grund wollte er, dass diese beiden das Schmuckkästchen bekommen sollten.

„Sie heiraten bald?", fragte er sehr direkt, nachdem er bemerkt hatte, dass keiner der beiden bereits einen Ring trug. Er hörte Johannes Bontrager mit seinen schweren Schritten hinter sich in den Laden stapfen und wusste, dass ihm die Unterhaltung gehörig missfiel.

Die junge Frau errötete leicht. Der Mann, der sich bisher zurückgehalten hatte, lächelte überrascht. „Ja, in einem Monat. Aber weil wir beide nach unserer Hochzeit keinen Urlaub mehr bekommen, haben wir die Hochzeitsreise vorgezogen, sozusagen."

„Ich schenke Ihnen das Kästchen. Und wenn Sie es ansehen, dann denken Sie daran, dass es Ihnen ein amischer junger Mann geschenkt hat, der erwartet, dass Sie ein Leben lang zusammenbleiben", sagte Markus augenzwinkernd. Er kannte die Eigenart der Leute in der Welt da draußen, sich bei den ersten Eheproblemen wieder zu trennen.

„Das können wir unmöglich annehmen!", widersprach der junge Mann perplex.

„Doch. Es ist, wie ich sagte. Nehmen Sie es und stellen Sie es da auf, wo Sie es täglich sehen können. Dann ist es gut!" Markus grinste. Ihrem ungläubigen Blick nach zu urteilen, hielten sie ihn für einen Schamanen oder so etwas Ähnliches.

Europäer wie auch die Amerikaner, die von weiter herkamen, wussten nicht allzu viel über die Amisch, außer dass die weltabgewandte Lebensweise ohne Strom und Technik sehr anziehend auf gestresste Besucher wirkte.

Die hiesigen Weltlichen, nahmen zuweilen an, dass das ganze Land, auf dem die Amisch lebten, eine besondere Heiligkeit besaß. Das alles schoss Markus durch den Kopf, als seine beiden Kunden noch überlegten, was sie zu seinem großzügigen Geschenk sagen sollten.

„Äh … danke! Vielen Dank!" Die Augen der jungen Frau blickten ihn erstaunt an.

Markus packte das Stück in eine Lage Papier und steckte es in eine Papiertüte.

„Hier, bitte!"

„Wir werden es in Ehren halten und uns wahrscheinlich immer an diese Begegnung erinnern", sagte die junge Frau mit immer noch äußerst überraschtem Blick.

„Das würde mich freuen." Markus nickte ihnen freundlich zu, als sie, eifrig miteinander palavernd, den Laden verließen.

Johannes wiegte bedächtig den Kopf und sein langer, grauer Bart, der sein Gesicht umrahmte und traditionell nicht durch einen Oberlippenbart vervollständigt wurde, scheuerte am Latz seiner Arbeitshose, die er über seiner amischen Tracht trug. „Warum hast du das getan, Markus Troyer?" Er hieß diese Aktion ganz und gar nicht gut.

„Die beiden gefielen mir. Und sie werden glücklich, das weiß ich sicher. Warum also nicht ein wenig mit einem kleinen Symbol nachhelfen? Wenn sie sich streiten, dann werden sie sich mit einem Blick auf das Kästchen immer daran erinnern, dass sie eigentlich zusammenbleiben sollten", erklärte Markus schulterzuckend mit heiterer Miene.

„Du solltest nicht so hochnäsig sein und denken, dass du die Welt beeinflussen kannst!" Streng blickte ihn Johannes an. Es war ihm sehr ernst mit dieser Rüge und Markus wusste dies. „Lass die Welt der Welt!", setzte sein Chef noch hinzu, bevor er sich wieder in seine Werkstatt zurückzog und Markus stehen ließ.

Der zog seine Schürze über den Kopf, die er statt einer Arbeitshose trug, und rief zu Johannes nach hinten: „Johannes, ich werde jetzt gehen. Mein Vater braucht mich noch in der Scheune. Er repariert gerade den Boden der

Tenne. Ich habe ihm versprochen, bis vier zu Hause zu sein."

„Es ist gut, wir waren ja fertig. Bis Montag."

Markus setzte seinen Hut auf, den er abgenommen hatte, als er mit dem Schreiner zusammen die Arbeit an dem großen Werkstück begonnen hatte. Nun war Freitagnachmittag und er würde heute und morgen mit seinem Vater in der Scheune beschäftigt sein. Und morgen Abend würde er, so wie die Wochen zuvor, nach Harrisburg fahren - in die Welt.

Kapitel 2

Markus Troyer war in seinen Orientierungsjahren, der Zeit, die den jungen Amisch zugestanden wurde, um sich eine eigene Meinung darüber zu bilden, was sie mit ihrem zukünftigen Leben anfangen wollten. Niemand wurde gezwungen, sich der amischen Gemeinschaft anzuschließen, aber wenn man erst einmal vor der ganzen Gemeinde niederkniete, um sich taufen zu lassen, dann unterstand man den Gesetzmäßigkeiten der Gruppe, die im Wesentlichen vom Bischof eines Bezirkes nach den Worten der Bibel festgelegt wurden.

Als Markus den Weg zum Gehöft seines Vaters einschlug und die kleine Stadt schon eine Weile hinter sich gelassen hatte, dachte er darüber nach. Warum durften die Menschen in ihrem Bezirk keine Fahrräder benutzen? Lediglich Roller waren ihnen erlaubt und Rollschuhe, auf denen es viele seiner Freunde zu großen Fertigkeiten gebracht hatten. Einige Meilen weiter gab es einen Bezirk, in dem die Menschen Fahrräder benutzten, was einer großen Zeitersparnis gleichkam. Natürlich kannte er die Begründung für diese Vorschrift: Ein Fahrrad würde die Gläubigen zu weit von ihrem Heimatbezirk entfernen können. Die Bindung an zu Hause konnte dadurch gelockert werden, was ganz und gar nicht erwünscht war. Elektrischer Strom oder Telefon waren ebenfalls verpönt. Wenn er an die lauten Städte mit ihren grellen Lichtern und dem überwältigenden Autoverkehr dachte, dann konnte er noch verstehen, dass derartige technische Errungenschaften auch zum Nachteil gereichen konnten.

Aber auch die Amisch benutzten Dinge, die es so in biblischen Zeiten noch nicht gab, warum also kein weiterer Fortschritt? Sollten elektrisches Licht und warmes Wasser aus der Leitung die Menschen wirklich vom rechten Glauben abbringen? Andererseits war er gerade dabei, sich abzunabeln von dieser Welt, die so viele Fragen für ihn bereithielt und die er immer weniger verstand. Wäre da nur jemand, dem er diese Fragen stellen hätte können! Doch sein Vater wiegelte nur ab oder drohte mit dem Bischof, wenn ihm Markus' Gedanken zu blasphemisch erschienen. Die Mutter wollte er nicht beunruhigen. Er wusste, dass sie Angst davor hatte, dass er sich womöglich nicht taufen ließ und seine *Rumschpringa-Jahre* verlängerte – vielleicht für ein ganzes Leben.

Er war einen Teil des Weges gelaufen. Eine Uhr besaß er zwar nicht, aber als er bei Johannes losging, war es bereits halb vier. Auch er, der gewohnt war zu Fuß zu gehen, schaffte keine zwei Meilen in einer halben Stunde, wenn er normales Tempo anschlug, und so beeilte er sich, um zumindest nicht allzu spät zu kommen. Falls sein Vater ihm nicht mehr erlaubte, für Johannes Bontrager zu arbeiten und ein wenig Geld zu verdienen, wäre es rasch vorbei mit seinen Ausflügen nach Harrisburg und das wollte er unter keinen Umständen riskieren.

Vor dem Haus stand ein Buggy mit angeschirrtem Pferd. Das bedeutete, dass der Besuch nur kurz sein würde, andernfalls hätte der Kutscher das Pferd ausgeschirrt und in das Gatter neben dem Stall gebracht. Im Näherkommen erkannte er, dass es sich um Hostettlers Gespann handelte, da er das Pferd an der Form seiner weißen Blesse, die bis über die Nase reichte, erkannte. Das Tier war das einzige weit und breit, dessen Nase weiß war.

Da er nicht sicher sein konnte, wer von den Hostettlers zu Besuch war, betrat er die Scheune durch die seitliche Tür, die selten benutzt wurde. Grundsätzlich mochte er die Familie von Jacob Hostettler. Aber in der letzten Zeit fiel im abendlichen Gespräch öfter einmal der Name von Malia, der 16jährigen Tochter Jacobs – für ihn eindeutig zu oft! Er selbst war beinahe 18, also ein gutes Alter, um sich nach einer potentiellen Lebenspartnerin umzusehen.

Markus hatte keinerlei Ambitionen in dieser Richtung und darin unterschied er sich durchaus von den meisten seiner Altersgenossen, einerlei ob amisch oder weltlich. Der Unterschied bestand lediglich darin, dass die weltlichen jungen Leute ihren jeweiligen Partner noch häufiger wechselten, bevor sie sich für länger banden, während die Amisch zumeist bei der ersten Wahl hängen blieben, was bedeutete, dass diese Wahl sehr überlegt getroffen wurde. Wobei allerdings die Jungs den Vorteil hatten, von sich aus auf das Mädchen zugehen zu können, die Mädchen jedoch subtiler die Aufmerksamkeit ihres Favoriten auf sich lenken mussten.

Markus konnte im Moment nicht viel Gutes an den Rahmenbedingungen seiner amischen Umgebung finden. Ihm war durchaus bewusst, dass er mehr kritisierte, als es eigentlich zu kritisieren gab, aber er konnte zurzeit nicht anders, als auf Abstand zu gehen. Dennoch hoffte er, dass sich diese Phase wieder legte. Zum einen lebte er gerne hier und er mochte die Leute, die so sehr zusammenhielten und vieles gemeinsam schafften. Andererseits jedoch missfielen ihm manche der althergebrachten Verhaltensweisen, das patriarchalische System und die Härte, die manche seiner Glaubensgenossen ihresgleichen entgegenbrachten.

Seine Mutter hatte einmal versucht, ihm zu erklären, dass es sich lediglich um notwendige Zurechtweisungen handelte, wenn Menschen wegen ihrer Verfehlungen verwarnt oder gar gebannt wurden, und dass jeder die Möglichkeit habe, seine Fehler einzusehen, zu bereuen und in die Gemeinschaft zurückzukehren. Niemand würde nach erfolgter Rehabilitation je wieder darüber sprechen. Das entsprach durchaus der Wahrheit, was nicht hieß, dass sich Markus von der grundsätzlichen Engstirnigkeit, wie er es seit kurzem nannte, abgestoßen fühlte. Gerne hätte er zu diesem Punkt mit jemandem gesprochen und auch seine eigene Meinung dargelegt, doch die war nicht gefragt. Es zählte die Meinung des Bischofs und der Dekane, die sich nach Kräften bemühten, sich an der Bibel zu orientieren.

Markus atmete tief durch, als er die Tür hinter sich schloss. Dann meldete er sich bei seinem Vater, der irgendwo auf der Tenne herumhämmerte.

„Ich bin da! Soll ich zu dir hinauf kommen oder gibt es anderes zu tun?", rief er nach oben.

Das Hämmern hatte bei den ersten Worten aufgehört. „Endlich! Du kannst mir zuerst die Balken anreichen, bevor wir hier oben weitermachen." Das Gesicht seines Vaters erschien oben an der fest angebauten Leiter. Er sah nicht unfreundlich aus, wie Markus fand und hoffte, dass ein entspanntes Arbeiten möglich war. Das war durchaus nicht immer der Fall, zumal Ruben Troyer zuweilen recht mürrisch sein konnte.

Markus eilte sich, seine Arbeitshandschuhe, die an einem Haken in der Scheune hingen, anzuziehen und die schweren Balken an die Aussparung an der Decke zu lehnen, um sie dann in einer Art Räuberleiter hochzuhieven, damit sein Vater sie zu fassen bekam und hinaufziehen konnte. Das war Knochenarbeit und nachdem der Stapel abgearbeitet war, kam sein Vater die Leiter herunter, um sich erst einmal einen Schluck Wasser zu genehmigen.

„Wenn wir uns Mühe geben, werden wir morgen Abend fertig sein mit der Arbeit auf der Tenne. Dann kannst du

Bischof Schwartz mit den Bänken für den Gottesdienst am Sonntag helfen." Bischof James Schwartz war erst vor kurzem zum Bischof gewählt worden und war noch keine dreißig Jahre alt. Doch seine jungen Jahre änderten nichts an seiner engen Auslegung der Bibel. Sein Vorgänger war weitaus liberaler eingestellt gewesen und hatte sich großzügig und freundlich seiner Gemeinde gegenüber gezeigt. Markus hatte schon mehrmals gehört, wie Bischof Schwartz in Gesprächen mit den Männern des Bezirks die fehlende Strenge in Bischof Isaac Yoders Amtszeit angemahnt hatte.

„Ja, mache ich gerne." Das war die Wahrheit. Markus hatte nichts gegen die langen Gottesdienste und auch nichts gegen die ausufernden stundenlangen Predigten des Bischofs. Wenn es ihn in seinem religiösen Suchen weiterbrachte, hörte er gerne zu und Bischof Schwartz oder auch die Prediger, die sich mit ihm abwechselten, hatten bei aller Strenge interessante Dinge zu erzählen. Nur würde sein Ausflug nach Harrisburg an diesem Gottesdienstwochenende eher kurz ausfallen. Dafür würde er am darauffolgenden gottesdienstfreien Wochenende über Nacht dort bleiben, was sein Vater zwar tolerierte, aber nicht wirklich guthieß.

„Du fährst morgen wieder nach Harrisburg?" Ruben Troyer schien Markus Gedanken zu erraten.

„Ich habe es vor, ja", antwortete Markus wahrheitsgemäß. Sie saßen auf der Bank vor der Scheune, gleich neben dem steinernen Trog, in den das klare Wasser einer Quelle sprudelte und über einen Überlauf wieder in der Erde verschwand. Nun drehte sein Vater den Hahn zu. Das Plätschern erstarb.

Ruben Troyer missbilligte die Ausflüge Markus' nach Harrisburg mehr, als dieser ahnte, doch er hielt sich zurück. Es war das Recht des jungen Mannes, sich auf eigene Füße zu stellen. Dennoch befürchtete er eine zunehmende Entfremdung seines Sohnes den althergebrachten Traditionen gegenüber. Markus hatte begonnen, Fragen zu stellen. Fragen, die er weder beantworten wollte, noch zuweilen konnte. Deshalb gestalteten sich ihre wenigen Gespräche eher einsilbig, da Markus nicht an Small-Talk gelegen war und sein Vater nicht auf seine Wissbegierde einging. So arbeiteten sie zumeist schweigend miteinander. So auch diesmal.

Die Arbeit auf der Tenne schritt voran. Sie waren am Samstag bereits am frühen Nachmittag fertig und Markus beeilte sich, mit dem Buggy seines Vaters den kurzen Weg zu Bischof Schwartz hinüber zu fahren, wo die Bänke für den Gottesdienst eingelagert waren.

Der Bischof war erst seit kurzem wieder verheiratet, nachdem er seine erste Frau bei der Geburt ihres vierten Kindes verloren hatte. Obwohl James Schwartz sich den Bart an Kinn und Wangen seit seiner ersten Hochzeit vor zehn Jahren wachsen ließ, sprossen die Haare zu seinem Leidwesen nur spärlich. Zu einem honorigen Bischof gehörte seiner Meinung nach auch ein respektabler Bart. Da derlei Gedanken aber für einen Bischof zu hochmütig waren, musste sich James Schwartz seinen Stolz selber verbieten.

Unverheiratete Männer rasierten sich. Oberlippenbärte waren verpönt, da sie zu sehr an die militärische Haartracht der früheren Zeiten erinnerten. Auch das war etwas, was Markus nicht verstand.

Das Aussehen der Bärte hatte die Jahrhunderte überdauert und Traditionen waren grundsätzlich nichts Schlechtes, aber war die innere Einstellung eines Menschen zum Militär, zu Krieg und Frieden, zu Versöhnung und Verzeihen, nicht wichtiger, als das äußerliche Zeichen der Haartracht? Er kam zu keinen weiteren Überlegungen, da ihn Bischof Schwartz bereits an der Ecke seiner Scheune erwartete.

„Du bist früh dran, Markus Troyer. Aber gut, dann sind wir früher wieder zurück", begrüßte ihn der ehrwürdige Bischof freundlich. Seine Miene war nicht so mürrisch, wie die der anderen Amisch. Gott hat ihm offensichtlich ein freundliches Antlitz gegeben, selbst wenn er neutral guckt, dachte Markus, als er mit dem noch jungen Mann hinüber in die Scheune ging. Dort stand in einer eigens dafür geschaffenen Ecke der Wagen mit den Bänken, der vor jedem Gottesdienst zu dem Anwesen derjenigen Familie gefahren wurde, die an der Reihe war, die Versammlung auszurichten. James Schwartz schirrte die beiden kräftigen Rappen an und spannte sie mit Markus' Hilfe vor den schweren Wagen. Die beiden Männer setzten sich auf den Kutschbock und das Gespann setzte sich schwerfällig in Bewegung.

„Dein Vater ist in Sorge, weil du dich häufig in Harrisburg aufhältst", begann der Bischof ohne Umschweife, als sie mit ihrem überbreiten Gefährt langsam den schmalen Weg entlang fuhren, der das Gehöft der Schwartz' mit der Hauptstraße verband. Markus legte die Stirn in Falten, ohne dass der Bischof dies bemerkte. Sein Vater hatte also die Hilfe seines Sohnes angeboten, damit der Bischof ihn ausfragen konnte. Nun, er tat nichts Unerlaubtes. Viele der jungen Amisch fuhren in die Städte, die sich in ihrer Nähe befanden, um ein wenig das Leben außerhalb der engen Bezirksgrenzen kennenzulernen.

„Ja, ich weiß, dass er sich sorgt. Aber ich habe ihm bereits mehrmals versucht zu sagen, dass seine Sorge unbegründet ist. Ich schaue mich um, so wie die anderen es auch tun."

„Du stellst Fragen." Markus erwartete eine konkrete Frage oder Feststellung und schwieg. Als er nach einiger Zeit bemerkte, dass da nichts weiter kam, zuckte er mit den Schultern.

„Sollten das nicht alle Kinder tun? Ihren Eltern Fragen zu stellen, damit sie die Welt begreifen lernen? Oder den Glauben? Oder Gott?"

„Gott kann man nicht begreifen. Das solltest du wissen, wenn du meinen Predigten zuhörst", stellte James Schwartz in sachlichem Ton fest. Er hatte nicht das aufbrausende Wesen eines Ruben Troyer.

„Oh, ich höre deinen Predigten zu, Bischof Schwartz. Sehr gut sogar. Ich versuche, keine davon zu versäumen. Aber meine Fragen beantworten sie auch nicht. Jedenfalls nicht alle."

Der Bischof war nicht der Meinung, dass er sich mit dem jungen Mann, der mit ihm auf dem Kutschbock saß, auf eine theologische Konversation einlassen sollte. Deshalb sagte er: „Was tust du in Harrisburg? Wieso gehst du nicht auch anderswo hin?"

Markus sah keinen Grund, dem Bischof den Grund zu verschweigen. „Ich besuche ein paar Kurse in der Erwachsenenakademie. Dort wird Wissen vermittelt, das über das hinausgeht, was wir in unseren acht Schuljahren lernen. Und ich lerne, besser Deutsch zu sprechen. Auf der Hin- und Rückfahrt übe ich mit einem mennonitischen Fahrer das Autofahren. Er ist mein Fahrbegleiter und wir fahren herum, in der Stadt und außerhalb. Auf diese Weise bekomme ich meine Fahrstunden zusammen, die ich für den Führerschein brauche."

Auf diese Antwort war James Schwartz nicht gefasst. Der junge Mann neben ihm auf dem Kutschbock suchte Wissen und Unabhängigkeit. Nicht allzu viele der jungen Amisch machten den Führerschein, weil es sehr teuer war, zu teuer für die jungen Männer, die über nur wenig Geld verfügten. Und für die allermeisten auch sinnlos, weil sie nie wieder ein motorisiertes Fahrzeug steuern würden.

„Es ist teuer, den Führerschein zu machen."

„Ich verdiene Geld bei Johannes Bontrager." Markus hoffte, dass sein Vater ihm nun nicht verbieten würde, bei dem Schreiner zu arbeiten. Dies konnte durchaus der Fall sein, wenn er verhindern wollte, dass sein Sohn sein Vorhaben beendete. Allerdings stand er inzwischen kurz vor der endgültigen Prüfung, so dass Eric Miller, sein Fahrlehrer, sicher damit einverstanden wäre, wenn er ihm das Geld für die Fahrstunden und das Benzin in Raten zahlte.

„Warum brauchst du den Führerschein?"

„Um mehr von der Welt zu sehen, als nur Pennsylvania County", antwortete Markus wiederum wahrheitsgemäß.

„Du hast vor, die Gemeinschaft zu verlassen?" Der Bischof atmete tief durch. Er hatte nicht erwartet, gerade von einem so aufrechten jungen Mann wie Markus Troyer so etwas zu hören. Einige ihrer jungen Leute verließen während oder nach ihren *Rumschpringa-Jahren* die Gemeinschaft, aber meistens waren es solche, die wenig ernsthaft und standfest im Glauben waren. Der Bischof verbot sich den Gedanken, dass es um die meisten von ihnen nicht schade war. Aber ebendies war die Meinung vieler Glaubensgenossen. Markus Troyer gehörte nicht zu ihnen. Bischof Schwartz wusste wohl, dass Ruben Troyer nicht immer der einfachste und überlegteste Mensch war. Er konnte aufbrausen und stieß damit die Menschen um

ihn herum oft vor den Kopf. Aber er war ein strenggläu-
biger Mann, der nicht mehr von seiner Umwelt einforder-
te, als er selber bereit war, für den Allmächtigen zu tun.
Er war gespannt auf die Antwort des jungen Mannes.

„Eigentlich nicht. Ich möchte nur mehr von der Welt sehen. Ich möchte Antworten auf meine Fragen finden. Hier
finde ich sie nicht." Markus war sich sicher, dass er mit
diesem Gespräch nun eine Lawine losgetreten hatte. Der
Bischof würde seinem Vater postwendend davon berich-
ten. Und der würde so reagieren, wie er es sonst auch tat:
Mit unerbittlicher Härte und Unverständnis.

Doch der Bischof überraschte ihn: „Hör zu, Markus. Ich
werde deinem Vater von diesem Gespräch nichts erzählen. Vorerst jedenfalls. Außer, er fragt mich. Dann werde
ich ihn nicht belügen. Ich rechne es dir hoch an, dass du
mir wahrheitsgemäß geantwortet hast. Du hättest mich
auch belügen können. Aber du überlegst gründlich, bevor
du etwas tust, was du irgendwann vielleicht einmal bereuen könntest. Und noch eine Bitte: Bevor du dich dazu
entschließt, nicht mehr zurückzukommen, sprich mit mir.
Oder einem der Ältesten."

„Gut, das kann ich versprechen." Fürs Erste war er sicher.
Markus hoffte nur, dass sein Vater nicht von sich aus den
Bischof ausfragte und so an die heiklen Informationen
kam.

Sie waren bei Hostettlers angekommen. Der Ehrgeiz jeder
Familie, die den Gottesdienst ausrichten würde, bestand
darin, jedes Staub- und Schmutzkörnchen in den Gebäuden und drumherum zu beseitigen. Im Moment konnte
man die köstlichen Strudel und Eintopfgerichte, die es
morgen nach der Versammlung geben würde, schon bis
in den blitzsauberen Hof riechen. Markus hoffte, dass
Malia so viel zu tun haben würde, dass sie nicht zu ihnen

in die Scheune kommen würde, und so lud er zusammen mit Bischof Schwartz und den Hostettler-Männern die Bänke ab und stellte sie in Reihen in die geräumige Scheune.

Tatsächlich kam Malia mit einem Teller mit köstlichem Nussstrudel aus dem Haus, um den Männern nach getaner Arbeit davon anzubieten. Da aber viel zu viele Leute herumstanden, geziemte es sich nicht für eine junge Frau, sich länger als unbedingt nötig aufzuhalten. So ging sie alsbald wieder ins Haus, nicht ohne Markus einen verschmitzten Blick zuzuwerfen.

Kapitel 3

Markus war nicht nach Harrisburg gefahren. Er hatte seinem mennonitischen Begleiter telefonisch von der Schreinerei aus Bescheid gesagt. Johannes Bontrager hatte über den ungehörigen Gebrauch des Telefons missbilligend den Kopf geschüttelt, sonst aber geschwiegen.

Stattdessen war Markus zum Singen gefahren. Die Jugend ihres Bezirks traf sich an bestimmten Samstagen zum sogenannten Singen auf wechselnden Farmen. Da zu diesem Zweck die Scheunen ausgeräumt wurden, um Platz zu schaffen, wurden häufig die Anwesen ausgesucht, die auch den Gottesdienst ausrichteten. So musste diese Arbeit nur einmal getan werden.

Essen, Eistee und Limonade wurden auf Tischen bereitgehalten. Es gab nur Kleinigkeiten, denn das Essen war nicht das Wichtigste bei diesem Abend. Genaugenommen war auch die Singerei der einschlägigen christlichen Lieder aus dem *Ausbund,* dem amischen Gesangbuch, nur eine zuweilen lustige Begleiterscheinung. Vielmehr dienten die Abende zum gegenseitigen Kennenlernen der heiratsfähigen jungen Leute. Dementsprechend verspürte Markus nur wenig Lust, dort hinzugehen. Abschlagen konnte er seiner Mutter diesen Wunsch allerdings auch nicht. Sie hatte ihn gebeten, wenigstens einmal eine amische Art jugendlicher Unterhaltung auszuprobieren, zumal es sich an diesem Wochenende ja kaum lohnen würde, den relativ weiten Weg nach Harrisburg auf sich zu nehmen. Dieses Argument leuchtete ihm ein und er machte sich, nachdem er vom Bischof zurückgekommen und von seiner Mutter darum gebeten worden war, für den Abend bei den Hostettlers, die auch den morgigen Gottesdienst vorbereiten würden, zurecht.

Natürlich wählte seine Mutter für diese Bitte den Abend bei Hostettlers. Er würde Malia erneut über den Weg laufen und es war offensichtlich, dass ihre beiden Eltern einer Verbindung zwischen ihnen nicht abgeneigt waren. Markus galt als ernsthafter junger Mann, der hart arbeiten konnte. Nicht allein Malias Eltern hätten ihn gerne als Schwiegersohn gesehen, dessen war er sich wohl bewusst.

Aber er sah sich weder als Malias Ehemann noch als Ehemann einer der anderen Heiratskandidatinnen. Diesen Abend schenkte er einzig und allein seiner Mutter, die es mit seinem Vater wirklich nicht leicht hatte. Nicht zuletzt der Umgang seines Vaters mit seiner Mutter hatte seinen Blick dafür geschärft, wie er sich eine Ehe vorstellte - und mit wem.

Als er mit dem Buggy seines Vaters hinüberfuhr dachte er an Malia Hostettler. Sie war durchaus hübsch mit ihrem dunklen Teint und den großen, dunklen Augen. Dass sie eine hervorragende Köchin war, konnte Markus schon häufiger feststellen, wenn sie bei Hostettlers zu einem Arbeitseinsatz waren oder Malia beim Gottesdienst auf seines Vaters Anwesen ihren unschlagbaren Nussstrudel mitbrachte, so wie heute Nachmittag auch. Auch – und das ließ seine Mutter in letzter Zeit häufiger beim Abendessen fallen – war sie ein Talent im Nähen, Sticken und Stricken. Und sie war nett. Das konnte niemand bestreiten. Ein nettes, amisches Mädchen, das einen Ehemann glücklich machen konnte. Was ihn störte, war ihre Unterwürfigkeit. Niemals könnte er sich an eine Frau binden, die immer und stets mit gesenktem Haupt neben ihrem Mann herlief und schwieg, wenn er sprach, selbst wenn er Blödsinn verzapfte! Nein, das würde er nicht tun.

Und er konnte sich auch nicht vorstellen, dass er in dieser Hinsicht seine Meinung jemals ändern würde.

Immerhin war es sehr praktisch, dass der Abend auf dem Anwesen der Hostettlers stattfinden würde. Auf diese Weise ersparte er sich die Verpflichtung, Malia mit seinem Buggy nach Hause bringen zu müssen, was durchaus bereits einer ernsthaften Annäherung gleichkam. Also würde der Abend für ihn unverbindlich bleiben.

Er parkte seinen Buggy in der Reihe der anderen und schirrte sein Pferd ab. Auf der Weide der Hostettlers war genug Platz für die Pferde aller Gäste, die sich heute Abend hier einfinden würden. Erst, als er Lucky, seine Stute, sicher untergebracht hatte, ging er hinüber in die Scheune, aus der bereits lebhaftes Stimmengewirr und Gelächter zu hören war.

„He, Markus! ... Seht mal, da ist Markus Troyer! ... Was führt dich denn hierher? Normalerweise sind wir dir doch zu gering, dass du dich mit uns abgibst!" Die Stimme gehörte zu Luke King, einer der Jungs, der mit ihm zur Schule gegangen war. Dessen Spott war gutmütig und er lachte über das ganze, sommersprossenübersäte Gesicht.

Zwei andere junge Männer gesellten sich zu Luke und Markus steuerte zu ihnen hinüber.

„Also?" Luke gab sich nicht mit einem harmlosen Gruß zufrieden. „Wie läuft es so in Harrisburg?"

Markus runzelte die Stirn. Scheinbar wurde mehr über ihn getratscht, als er dachte.

„Wieso kommt ihr nicht mit und überzeugt euch selber davon, wie es dort läuft?" Er bemühte sich, mit heiterer Stimme zu sprechen, so als würde er einen Witz machen. Er hatte seiner Mutter versprochen, es ernsthaft zu versuchen und dieses Versprechen wollte er halten.

Luke schlug ihm auf die Schulter. „Schon gut, ich wollte, ich hätte auch so einen Job wie du, der mir ermöglicht, weiter herumzukommen, als nach Lancaster oder bestenfalls nach Coatesville." Er wandte sich den anderen Burschen zu, die bereits die eingetroffenen jungen Mädchen taxierten.

„Seht euch mal Liddy an. Hat die abgenommen. Richtig hübsch ist sie geworden", murmelte Frank, einer der beiden anderen, mehr zu sich selbst gewandt. Als ihm bewusst wurde, dass er es laut ausgesprochen hatte, biss er sich auf die Lippen. Markus lächelte. Frank hatte es offensichtlich auf Liddy abgesehen, die trotz ihrer immensen Gewichtsabnahme immer noch recht gut bei Futter, dabei aber wirklich hübsch anzusehen war. Vor allem war sie groß, ähnlich wie Frank, der ebenfalls sehr groß gewachsen war. Markus konnte sich nicht vorstellen, dass einer der anderen Jungs ihm Liddy streitig machen würde, schon aufgrund der Tatsache, dass sie, mit Ausnahme von Frank, größer als alle anderen Burschen hier war.

„Und, auf wen hast du es abgesehen?", fragte Markus jetzt im Flüsterton Luke, mit dem ihm zu Schulzeiten eine lockere Freundschaft verbunden hatte.

„Katie Yoder!" Luke sagte es mit solcher Inbrunst, dass Markus ihn erstaunt ansah.

„Wer ist Katie Yoder?" Er folgte Lukes Blick und sah in der Ecke neben dem Tisch mit den Snacks, der von Malia und ihrer Mutter gerade aufgebaut wurde, ein mageres, blasses Mädchen stehen. Sie sah aus, als hätte sie Angst, auf der Stelle von einem Wolf gefressen zu werden. Nichtsdestotrotz erinnerte Katie ihn an seine Mutter, die ebenso zart und blass erschien, dabei aber außerordentlich zäh war.

„Sie wohnt seit kurzem bei Isaac, dem Prediger." Isaac war der Sohn des früheren Bischofs, der im letzten Herbst verstorben war. „Du weißt ja, dass er ein Restaurant eröffnet hat, oben in Bird-in-Hand. Da brauchte er Hilfe und Katie ist die Tochter seines Bruders, die im Bezirk von Bischof Klein wohnt. Markus kannte Bischof Kleins Bezirk, der hinter Coatesville begann und größer war, als ihr eigener hier. Eric Miller, sein mennonitischer Fahrer, lebte dort in der Gegend.

Luke sah Markus gespannt an. Markus hingegen wollte nicht lügen, deshalb sparte er sich die Floskel, dass Katie hübsch wäre. Das war sie definitiv nicht, aber es kam auch nicht immer darauf an. „Und, was hält sie von dir?"

„Ach, sie weiß doch gar nicht, dass es mich gibt. Aber Malia hat sie extra heute eingeladen. Ich hatte sie darum gebeten, nachdem ich sie im Restaurant gesehen habe."

Während Luke sprach, sah er unverwandt zu Katie hinüber, die plötzlich ihren Blick schweifen ließ und ihn offen anblickte. Das war nun wieder ungewöhnlich, dass sie nicht sofort die Augen senkte, nachdem sich ihre Blicke trafen. Nun lächelte sie auch noch, was durchaus sehr offensiv zu nennen war.

Markus grinste. Die kleine Zarte war selbstbewusster, als er dachte. Und sie hatte ein wunderbares Lächeln. Nun verstand er Luke. „Sie ist hübsch!", sagte er diesmal mit Überzeugung, „Bring sie später doch nach Hause. Bevor sie sich ein anderer schnappt!"

„Denkst du, das könnte passieren?" Luke war ehrlich besorgt.

Markus kam nicht mehr dazu, sich eine Antwort zu überlegen, denn die jungen Leute setzten sich, natürlich in strenger Trennung von Jungen und Mädchen, um das erste Lied anzustimmen.

Während der Pause, als sie sich am Büffet stärkten, richtete es Malia so ein, dass sie wie zufällig in seiner Nähe zu stehen kam. Markus hatte allerdings vorher bereits aus den Augenwinkeln beobachtet, wie sie mit Katie Yoder ein angeregtes Gespräch führte, und dabei immer wieder zu ihm her blickte. Als Luke Katie direkt ansprach und sie fragte, ob er ihr etwas zu trinken holen dürfe, schob sich Malia näher.

„Tag, Markus", sagte sie knapp, während sie sich ein paar winzige Häppchen auf ihren Teller legte.

„Hallo, Malia. Schöner Abend heute. Schön auch, dass so viele da sind", antwortete er unverbindlich.

„Du solltest öfter dabei sein, dann wüsstest du, dass es heute eher wenig sind. Es kommt oft auch eine Gruppe aus der Gegend um Strasburg. Dort gibt es nicht so viele junge Leute und deshalb haben sie sich uns angeschlossen. Aber den weiten Weg machen sie nicht immer. - Was machst du eigentlich an den Wochenenden?"

„Ich fahre öfter mal nach Harrisburg." Markus wollte nicht den Anschein erwecken, als würde er um Malia werben.

„Hab ich schon gehört. Und was machst du da?" Sie sah ihn nicht an, wenn sie mit ihm sprach, stattdessen schaute sie angelegentlich auf ihren Teller.

„Ich mache den Führerschein", antwortete er wahrheitsgemäß. Nicht wenige wussten das inzwischen.

„Warum?"

Die Frage ließ sich nicht so leicht beantworten, vor allem, wenn er nicht lügen wollte.

„Weil ich es spannend finde, ein Auto fahren zu können, wenn ich eines fahren will", gab er nach einiger Überlegung zurück.

„Oh!" Sie war offensichtlich anderer Meinung, tat sie aber nicht kund.

„Würdest du das nicht machen wollen? Ein Auto fahren? Oder vielleicht sogar mal in einem Flugzeug fliegen?" Markus ertappte sich dabei, dass er langsam genug hatte von ihrer unterwürfigen Art und wollte sie herausfordern.

„Nein!", antwortete sie jedoch nur knapp und in einem Ton, der ausdrückte, wie entsetzlich sie allein den Gedanken daran fand. Er sah ihr an, dass sie mühsam nach einem unverfänglicheren Gesprächsstoff suchte.

„Probier doch mal die Scones. Die habe ich gebacken", fiel ihr nach einer schweigsamen Minute ein.

„Ja, die sind lecker", sagte er höflich. Sie waren tatsächlich lecker.

„Meine Mutter sagt, ich wäre eine prima Köchin. Oh, das war aber jetzt ein wenig zu stolz. Gut, dass es der Bischof nicht gehört hat." Sie grinste, was ihr ohnehin recht schönes Gesicht noch hübscher aussehen ließ, das musste Markus wirklich anerkennen. Doch äußerliche Schönheit allein genügte ihm nicht.

„Ich hatte auch schon gehört, dass du sehr gut kochen und backen kannst." *Mutter erzählt es beinahe täglich!* fügte er in Gedanken hinzu, sah sie aber freundlich an.

Mit großen Augen blickte sie ihn zum ersten Mal unverwandt und mit überraschter Miene an. „Ist nicht wahr? Wer sagt denn das?"

Nun konnte Markus nicht anders, als sie anzulachen. „Meine Mutter. Und mein Vater. Du hattest beim letzten Gottesdienst bei uns Nussstrudel mitgebracht."

Das unverhoffte Lob freute sie und eine leichte Röte überzog ihre Wangen. „Das freut mich wirklich, dass er geschmeckt hat."

„Hat er, also darfst du ruhig stolz drauf sein." Er holte sich nun seinerseits einige der übrig gebliebenen Kleinigkeiten auf den beinahe zur Gänze abgeräumten Platten auf seinen Teller und aß sie mit gutem Appetit, nur um nicht weiter über das Essen philosophieren zu müssen. Da er vermutete, dass ihr nächstes Thema das Wetter sein würde, deutete er nachdrücklich auf die in einem großen Kreis zusammengeschobenen Bänke, auf denen bereits wieder einige ihrer Freunde Platz genommen hatten. „Es geht wohl gleich weiter." Geschäftig leerte er seinen Teller und stellte ihn auf den Stapel Schmutzteller an der Seite der Tafel. Dann lächelte er ihr noch einmal zu und ging hinüber zu den anderen jungen Männern. An Malias Gesichtsausdruck glaubte er zu erkennen, dass sie sich durchaus ermutigt fühlte.

Als er später mit dem Buggy zu Hause eintraf, hoffte er, seinen Eltern nicht zu begegnen. Es war reichlich spät geworden, da er mit den anderen Jungs noch ein wenig geschwatzt hatte. Luke war mit Katie dann schon früher losgefahren, doch die anderen, die noch keine Begleitung gefunden hatten, waren nicht in Eile. Wenn Markus an seine Schulzeit dachte, fiel ihm ein, dass es in den Jahren, in denen er zur Schule ging, viel mehr Jungs als Mädchen gegeben hatte. *Eigentlich sollten die doch froh sein, wenn sich ein Konkurrent selber aus dem Verkehr zog!* dachte er belustigt.

Zum Schluss waren außer ihm selber nur noch Melvin und Wayne übrig, die mit ihm zur Schule gegangen waren, und mit denen er über vergangene Zeiten plauderte.

Die Farm lag im Dunkel und er bemühte sich, keinen Lärm zu machen, als er die Stute versorgte und sich schließlich in sein Zimmer zurückzog.

******

Als die jungen Männer draußen noch palaverten, sang Malia beschwingt, während sie die Reste des Buffets in die Küche räumte. Ihre Eltern waren schon vor einiger Zeit zu Bett gegangen, nur noch Katie Yoder war geblieben und trug jetzt die leeren Teller hinter ihr her. Einige der Paare, die sich schon bei anderer Gelegenheit gefunden hatten, waren früher aufgebrochen, um sich im Schneckentempo der Kutsche in aller Ruhe unterhalten zu können. Zu zweit irgendwo hinzugehen, wurde grundsätzlich nicht gerne gesehen, doch niemand schrieb vor, wie lange die Heimfahrt zu dauern hatte.

Die beiden Mädchen spülten das Geschirr und unterhielten sich angeregt über den vergangenen Abend. Obwohl es bereits auf Mitternacht zuging, waren die beiden hellwach und vergaßen, auf ihre Lautstärke zu achten.
„Luke King ist wirklich ...", Katie suchte nach einem Wort, das geziemt genug klang, um es aussprechen zu können, „... anständig!", sagte sie schließlich mit einem nachdrücklichen Kopfnicken und ihre roten Wangen leuchteten im Flackerlicht der Petroleumlampe.
„Ja, er wartet draußen, um dich nach Hause zu fahren und beweist ganz schön viel Geduld", stimmte Malia ihr schmunzelnd zu. „Wenn wir uns beeilen, sind wir in einer Viertelstunde fertig." Sie kicherte unversehens. „Es war prima, dass Markus Troyer da war. Normalerweise geht er nicht zum Singen."
„Der war bestimmt wegen dir da. Mit niemand sonst, außer mit Luke, hat er sich so lange unterhalten", machte Katie ihr Mut. „Es ist wirklich ein hübscher Kerl." Katie senkte die Stimme, als hätten die Wände Ohren. „Ich hof-

fe, du verstehst mich nicht falsch, Malia. Und du kennst mich ja auch noch nicht so lange und so, aber die Haarschnitte unserer Jungs könnten schon manchmal ein wenig ..," sie wollte das Wort *modern* nicht benutzen, stattdessen sagte sie nach kurzer Überlegung: „... praktischer sein."

Malia sah sie erstaunt an, während sie eine große Platte polierte: „Praktischer?"

„Na, kurze Haare sind doch viel praktischer, als dieser Haarschnitt, den unsere Jungs so haben...", Katie wollte sich auslassen über die Funktionalität von Kurzhaarschnitten, weil sie befürchtete, sie könnte zu offen gesprochen zu haben, doch Malia unterbrach sie.

„Markus Haarschnitt gefällt mir. Da hast du schon Recht. Aber er ist einfach nur nett. Anders als die anderen Jungs. Irgendwie ... weiß nicht, netter eben." Sie legte die Platte in das dafür vorgesehene Fach im Küchenschrank, dann nahm sie einen großen Teller und fing an, ihn abzutrocknen.

„Schade, dass ich hier zu Hause bin. Sonst hätte er mich bestimmt gefragt, ob er mich nach Hause fahren darf." Malia vergaß ihren Teller und schaute versonnen in die Dunkelheit des übrigen Wohnraumes.

Katie sprach weiter: „Ach, da gibt es bestimmt noch weitere Gelegenheiten. Du wirst sehen, er kann das nächste Singen gar nicht abwarten. Vielleicht fragt er dich ja, ob er dich mit hinnehmen kann."

„Oh, das wäre schön. Es ist bei den Eltern von Wayne Lapp. Und das ist so ziemlich der weiteste Weg von uns aus gesehen, den es zu einem Anwesen in unserem Bezirk geben kann." *Hübsch weit, um mit dem Einspänner nach Hause gebracht zu werden! Und hübsch weit, um Stunden für die langsame Fahrt zu brauchen!* fügte sie in Gedanken hinzu, was sie niemals, auch nicht gegenüber einer Freundin, aussprechen würde.

Katie seufzte. „Ich möchte Luke nicht mehr länger warten lassen. Kommst du alleine zurecht?"

„Ja, klar! Muss ja nur noch das Geschirr weggestellt werden. Oh je, so spät schon! Und morgen geht's früh los, wir müssen noch allerhand Essen vorbereiten für den Gottesdienst."

Katie umarmte sie heftig. „War ein wunderbarer Abend. Vielen Dank, dass du mich eingeladen hast."

„Hab noch eine gute Heimfahrt!" Malia zwinkerte ihr zu und ordnete rasch das Geschirr in das Regal. Sie summte dabei die Melodie, die ihr nicht mehr aus dem Kopf ging. Sie hatten es vorhin in der Scheune gesungen und Markus hatte dabei zu ihr herübergesehen.

Oben auf der Treppe hörte ihr jemand zu. Es war ihre Mutter, die vom Lärm, den die beiden Mädchen gemacht hatten, geweckt wurde und eigentlich um mehr Ruhe bitten wollte. Doch dann hörte sie, wie Malia von dem Nachbarsjungen schwärmte und sie nickte in der Dunkelheit zufrieden mit dem Kopf. Dann zog sie sich leise wieder in ihr Schlafzimmer zurück.

Kapitel 4

Verbissen kämpfte Markus Troyer mit dem hinteren Scheunentor. Es klemmte seit Urzeiten und beanspruchte jedes Mal immens viel Kraft, wenn es geöffnet werden sollte. Manchmal verweigerte es sich ganz. Deshalb unterließ es sein Vater meistens, von hier aus in die Scheune zu gehen, und benutzte das vordere Tor, das weniger Mühe bedurfte. Markus fühlte sich herausgefordert. Er hatte seinen Strohhut auf den Boden geworfen, den ihm der stramme Aprilwind ständig vom Kopf riss. Mit Schleifpapier bearbeitete er seit einiger Zeit die oberen Kanten des Tores, was – auf der Leiter stehend – enorme Anstrengung erforderte. Zuweilen wischte er sich den Schweiß von der Stirn und er senkte die Arme, um sich ein paar Sekunden gegen die hölzerne Mauer des riesigen Gebäudes zu lehnen. Seit er bei Johannes Bontrager arbeitete, konnte Markus gar nicht genug bekommen vom Holz, dem wunderbarsten Werkstoff, den er sich vorstellen konnte. Dabei war es ihm einerlei, ob er sich mit den filigranen Intarsien eines Kästchens beschäftigte oder grobmotorisch ein Scheunentor richtete.

Markus befühlte die Kante und befand, dass sie ordentlich geschliffen war. Er stieg von der Leiter und versuchte, das Tor zu öffnen. Es gelang mühelos. Die Arbeit mehrerer Tage hatte sich gelohnt.

Sein Vater, der gerade in der Scheune zugange war, wurde vom unverhofften Lichtschein durch das offene Tor geblendet. Er richtete sich auf und trat hinaus zu Markus.

Ruben Troyer entfernte sich ein paar Schritte von der Scheune und betrachtete ausgiebig das Werk seines Sohnes.

„Johannes Bontragers Bemühungen mit dir tragen gute Früchte", sagte er.

Dann sah er Markus an, der stolz lächelnd an seiner Seite stand. Er runzelte die Stirn, griff dessen Hut, der achtlos im Gras lag und hielt ihn Markus hin.

„Lass dir gesagt sein, Sohn, wenn du das Talent nutzt, das dir der Allmächtige zugeteilt hat, gibt es keinen Grund, darauf stolz zu sein", wies er ihn zurecht.

Markus' Miene verdunkelte sich. Er sah in das faltige, wettergegerbte Gesicht seines Vaters, der älter aussah, als es die Jahre seines Lebens vorgaben. Der Bart, der sein Gesicht einrahmte, reichte ihm bis zur Brust und wies mit jeder Woche mehr graue Strähnen auf, während sich auf seinem Haupt eine beginnende Glatze abzeichnete. Eitelkeiten waren den Amisch fremd und auch Markus hing nicht am Schein der Dinge. Doch in letzter Zeit stellte er immer mehr Vergleiche mit der Welt da draußen an und dem Leben, so wie er es bisher gewohnt war, nicht immer zu dessen Vorteil.

Jetzt gerade fühlte er Ärger über die Reaktion seines Vaters in sich aufsteigen. Er nahm den Hut, strich mit der einen Hand seine Haare zurück und setzte ihn auf.

„Denkst du nicht, dass Gott für sein Werk auch Stolz empfindet?", wagte er nach einigem Nachdenken zu widersprechen.

Die verschlossene Miene seines Vaters änderte sich nicht.

„Ich glaube nicht, dass es an uns ist, über Gottes Empfindungen zu philosophieren. Und glaubst du wirklich, dass die Menschheit es wert ist, dafür Stolz zu empfinden?"

„Dann hat Gott nicht gut gearbeitet?" Markus konnte nicht umhin, diese Bemerkung zu machen. Schon bei mehreren Gelegenheiten hatte er bemerkt, dass er gut im

Argumentieren war, insbesondere wenn es um Gespräche mit seinem Vater ging.

„Lass bloß den Bischof dein Gerede nicht hören! Und hör auf, mir Sachen in den Mund zu legen." Ruben Troyer war nach wie vor nicht dazu bereit, mit seinem Sohn theologische Fragen zu diskutieren. Das war seiner Ansicht nach nur dem Bischof und den Predigern vorbehalten. „Du musst vorsichtig sein, dass er dir nicht eine Rüge erteilt, so blasphemisch wie du redest."

„Hast du mich deshalb letzte Woche zum Bischof geschickt, damit dieser meine Einstellung herausfinden kann?" Bisher hatte es Markus vermieden, seinen Vater mit dieser Annahme zu konfrontieren, aber nun war sein Ärger groß genug, um auf dessen Stimmung keine Rücksicht zu nehmen.

Sein Vater sah ihn an. Nicht wütend, eher mit einem sorgenvollen Ausdruck in den Augen. Dann ging er ohne ein weiteres Wort zurück in die Scheune.

Markus fühlte sich unbehaglich. Sein Vater, dessen harte Schale über die Familiengrenzen hinaus bekannt war, schien sich wirklich um ihn und sein Seelenheil Sorgen zu machen.

Er entschied, es für dieses Mal dabei zu belassen, zumal sein Ärger plötzlich verflogen war und einem seltsamen Gefühl in der Magengrube Platz machte. Er konnte es nicht benennen. War es Ängstlichkeit? Oder die Ahnung, dass er nicht mehr lange hier bei seiner Familie sein würde, ja: sein konnte? War er gerade dabei, herauszuwachsen, aus der *Ordnung*, wie die amischen Gesetzmäßigkeiten genannt wurden? Er beschäftigte sich immer öfter mit diesem Gedanken, aber um wirklich alles hinter sich zu lassen, dazu war er noch nicht bereit. Er wusste nicht, ob er je dazu bereit sein würde, dazu liebte er seine Familie viel zu sehr. Aber er war sich ganz und gar nicht so sicher, ob ihm die Entscheidung, von hier weggehen zu müssen, nicht von anderen abgenommen werden würde. Zuerst kam in einer Amischen Gemeinde die Gemeinschaft, dann die Familie, dann erst der Einzelne. Er, Markus, dachte viel zu individuell, war viel zu sehr auf sich und seine Überlegungen bezogen, als dass er sich der Ordnung kompromisslos unterordnen hätte können.

Nachdenklich ging er daran, die Leiter und das Werkzeug in die Werkstatt zu bringen, die in einem Anbau neben der Scheune untergebracht war.

Während Ruben das Zaumzeug reparierte, dachte er über Markus nach. Sein Sohn hatte sich schlecht entwickelt, seit er in seinen Orientierungsjahren war.

Er kannte in der Nachbarschaft keine anderen Jungen, die ähnlich launisch und voller Widerspruch reagierten, so wie Markus. An beinahe jedem Wochenende war er unterwegs, meistens fuhr er nach Harrisburg. Es verursachte Ruben, und wie er wusste, seiner Frau noch mehr, Sorgen, da er nicht wusste, was Markus dort trieb. Eines war gleich nach seinem ersten Ausflug dorthin unübersehbar gewesen: Markus hatte sich die Haare schneiden lassen, was bei der üblichen hiesigen Haartracht – eine Art schulterlangem Pagenkopf – jedem sofort ins Auge stach. Nun reichten ihm die Haare nicht einmal über die Ohren, wellten sich in leichten Naturlocken und stellten heraus, was in ihrer Gemeinschaft nicht gerne gesehen war: Markus sah richtig gut aus! Das musste sich selbst Ruben eingestehen. Doch der Gedanke gefiel ihm ganz und gar nicht. Markus sprach nicht über seine Ausflüge in die Welt und die Eltern fragten nicht.

Während er mit heftigen Bewegungen das inzwischen reparierte Zaumzeug polierte, überlegte Ruben, ob der Bischof wohl etwas aus Markus herausbekommen hatte. Seine Frau war unbemerkt hinter ihn getreten. Er zuckte zusammen, als sie die Hand auf seine Schulter legte. Schließlich setzte sie sich ihm gegenüber auf einen Stapel von Brettern, die er für die Reparatur des Hühnerstalles, die als nächstes anstand, gebrauchen würde. Er sah sie an und staunte zum hundertsten Male darüber, wie zäh dieses kleine, schmale Persönchen sein konnte. Wenn sie im Frühjahr zuweilen und zur Erntezeit im Herbst fast immer auf dem Feld mithelfen musste, war sie diejenige, die neben der anstrengenden Feldarbeit am frühen Morgen noch den Garten besorgte und am Abend in der Lage war, nahrhaftes Essen für hart arbeitende Menschen zu kochen, während er selbst seine schmerzenden Gelenke pflegte oder am Küchentisch sitzend die Amisch-Zeitung las.

Immerhin brauchte sie seit einiger Zeit, da die Kinder größer waren, nicht mehr so viel Feldarbeit zu leisten, da die drei ältesten Jungen gut mit zugepackt hatten. Sie waren inzwischen alle verheiratet, bis auf Markus, der – wenn es nach den Eltern ging – sich auch bald in Richtung Ehe orientieren würde. Jetzt halfen sich die Familien gegenseitig bei Aussaat und Ernte. Und auch die kleineren Mädchen, von denen Ida mit ihren dreizehn Jahren auch bald ihre Schulzeit beendet haben würde, waren sehr wohl in der Lage, sich in der besonders arbeitsreichen Zeit um den Garten und die Küche zu kümmern.

Ruben sah Ruth an. Von all ihren Kindern, Mädchen wie Jungen, war Markus ihr am ähnlichsten. Wohl hatte der eine stattliche Größe und war durch die Arbeit kräftig geworden, aber die Gesichtszüge und die Art, wie er sich bewegte und seine Sätze formulierte, waren der ihren sehr ähnlich. Ruben musste sich zum wiederholten Male eingestehen, dass sein Sohn ein ansehnlicher junger Mann geworden war und er wusste, dass einige der heiratsfähigen jungen Mädchen ein Auge auf ihn geworfen hatten. Allen voran Malia Hostettler, die er durchaus gerne als Schwiegertochter auf seinem Hof begrüßt hätte.

„Ich habe euren Disput mit angehört", begann Ruth das Gespräch, nachdem sie ihn eine Weile betrachtet und bemerkt hatte, dass er in Gedanken war.

„Er entfernt sich von uns, so wie keiner meiner Söhne und der jungen Männer unserer Nachbarn sich von ihren Familien entfernen. Und er führt gotteslästerliche Reden."

„Du fürchtest die Reaktion des Bischofs?" Ruth saß, wie sie auch auf den harten Bänken während des dreistündigen Gottesdienstes saß: kerzengerade mit den Händen auf den Knien ruhend, und sah ihren Mann freundlich an.

„Hast du mich schon einmal ängstlich erlebt, Frau?" Ruben übertrug den Groll auf seinen Sohn auf den Menschen, der ihm gerade in die Quere gekommen war, auf seine Frau.

Sie lächelte verbindlich: „Die Kinder anderer Familien erkunden auch ihre Grenzen, Ruben. Dafür ist die Zeit der Orientierung doch da. Stell dir vor, er würde ausbrechen, wenn er bereits getauft wäre. Wir würden nie wieder mit ihm sprechen dürfen."

„Du musst mich nicht belehren. Markus war zu viel unter dem Weibsvolk. Er ist zu weich geworden und zu stolz."

Ruth schmerzte es, dass er sie für die progressiven Gedanken ihres Sohnes verantwortlich machte. Aber er hatte in dem Punkt recht, dass Markus sich oft in der Küche aufgehalten hatte, wenn sie kochte oder später freiwillig mit zu den Quiltabenden fuhr, wenn sie in den dunklen Winternächten nicht alleine fahren wollte. Markus konnte kochen, was Ruben aber nicht im Entferntesten ahnte. Markus hatte sich schon dafür interessiert, als er noch als kleiner Junge zwischen ihren Beinen herumtanzte, so dass sie ihn mit leichter Küchenarbeit versorgte, um ihn zu beschäftigen. Später fand er immer wieder Zeit, ihr in der Küche zur Hand zu gehen, selbst, als Ruben dies recht deutlich verbot und Markus hart im Stall und auf dem Feld herannahm.

Ruth akzeptierte die gottgewollte Stellung, die ihr die Worte der Bibel zugewiesen hatte. Also entgegnete sie nichts auf seinen Vorwurf hin und erhob sich stattdessen.

„Das Essen ist in einer halben Stunde fertig", sagte sie und ging gesenkten Hauptes durch das vordere, geöffnete Scheunentor hinüber ins Haus. Eigentlich hatte sie ihn um eine Gefälligkeit im Hause bitten wollen, doch in dieser Stimmung mochte sie ihn nicht um sich haben. Sie würde selber einen Weg finden müssen, die verschüttete Milch hinter dem schweren Küchenschrank aufwischen zu können, bevor die Ameisen ihren Weg dorthin fanden.

Ruben war hart, was seine Familie betraf. Er stellte das Wort des Herrn über alles, akzeptierte keine Schwäche und keine Faulheit. Die Milch hätte zu einer erneuten Zurechtweisung über Verschwendung von Lebensmitteln geführt. Sie seufzte, als sie das kühle Haus betrat und sogleich versuchte, das schwere Möbelstück von der Wand wegzubewegen. Markus kam kurz hinter ihr in die Wohnstube. Er hatte die Unterhaltung zwischen seiner Mutter und seinem Vater mitangehört.

„Es tut mir leid, dass er dich wegen mir angreift. Es ist ungerecht. Wieso wehrst du dich nicht?" Es machte ihn wütend, seine Mutter so willfährig zu sehen. Ohne eige-

nen Willen, ohne, dass ihr eine eigene Meinung zugestanden wurde.

Das war es, was ihn in die Welt hinaustrieb: die Art, wie
die Menschen dort ihr Leben lebten, frei, selbstbewusst,
vor allem die Frauen. Nicht allein die theologischen Fragen waren es, die ihn umtrieben – welchen Glauben er im
Herzen trug, konnte niemand beeinflussen – es war die
Art, wie die Männer hier mit ihren Familien umgingen. Er
war sich durchaus nicht sicher, ob der Bischof alle seine
engen Ansichten wirklich mit der Bibel belegen konnte.
Und er war sich auch nicht sicher, ob er wollte, dass die
Religion sein Leben in dem Maße beeinflusste, wie dies
hier in seiner Familie und seinem Bezirk der Fall war.

„Es muss dir nicht leid tun. Wie dein Vater mit mir um-
geht, ist allein die Sache zwischen mir und ihm, nicht die
Sache von euch Kindern." Sie wies ihn nicht zurecht. Ihr
Ton war sanft und liebevoll. Nun machte sie sich wieder
an der Kommode zu schaffen.

Markus sprang ihr sofort zu Hilfe, doch auch er hatte
Mühe, das schwere Möbel zu bewegen. Er nahm ihr auch
den Lappen und den Putzeimer aus der Hand, um die
Wand und den Boden von der verschütteten Milch zu
reinigen.

Genau in diesem Augenblick betrat Ruben den großen
Wohnraum durch die Hintertür. Dort befanden sich die
Haken für die Arbeitskleidung und der Stellplatz für die
besonders schmutzigen Schuhe nach der Feldarbeit. Diese
Tür wurde eigentlich fast ausschließlich im Tagesverlauf
benutzt, sehr selten nur die Vordertür. Heute bedurften
Rubens Schuhe keiner Reinigung, so dass er ohne weitere
Verzögerung hereinkam. Der Wohnraum nahm praktisch
das gesamte Erdgeschoss ein, lediglich die Küche war
durch eine angedeutete Wand vom übrigen Raum optisch

getrennt. Vom Hintereingang aus gelangte man zum einen in den spartanischen Wasch- und Baderaum, zum anderen über eine Treppe hinauf in das Obergeschoss, zu den Schlafräumen der Familie. Eine schmalere Treppe führte hinunter in den Keller, wo die Wintervorräte lagerten.

„Bist du schon wieder dabei, Weiberarbeit zu erledigen?", brummte Ruben beim Anblick des Sohnes, der auf den Knien lag und gerade den Lappen in den Putzeimer tauchte.

„Ich bin dabei, eine Arbeit zu erledigen, die für Mutter zu schwer wäre", antwortete Markus in gleichmütigen Ton, ohne sich vom Missfallen des Vaters stören zu lassen.

„Die Putzarbeit ist für deine Mutter nicht zu schwer." Ruben wusste selber nicht, warum er es diesmal auf einen Disput ankommen ließ. Aus irgendeinem Grunde wollte er diesmal Ruth nicht mit hineinziehen, eine Sache, auf die er sonst weniger Rücksicht nahm.

„Nein, aber das Rücken der Kommode. Und wenn ich eine Arbeit beginne, mache ich sie auch zu Ende." Markus beendete seine Arbeit, schob die Kommode unter Aufbietung all seiner Kräfte zurück an die Wand, schüttete das Putzwasser in die Spüle und räumte Eimer und Lappen an seinen angestammten Platz. Dann verließ er die Küche, um sich draußen am Waschplatz zu waschen. Danach kam er zurück zum Abendessen.

Lucy, seine jüngste Schwester, eilte polternd die Treppe herunter und setzte sich mit einem fröhlichen Grinsen an den Tisch. Schon im Begriff, eine witzige Geschichte zum Besten zu geben, erblickte sie die angespannten Mienen der anderen. Sie klappte den offenen Mund wieder zu und schwieg, so wie alle am Tisch. Die drei fehlenden Geschwister aßen heute bei einem Onkel, dessen Frau sich vor kurzem ein Bein gebrochen hatte, und die Hilfe bei ihrer großen Kinderschar und im Haushalt benötigte. Eigentlich sollte nur Ida hingehen, aber Ruth hatte Hanna und Mary gleich mitgeschickt. Es war die Schule des Lebens, die den Mädchen zuweilen fehlte, so dass die Arbeit bei den Zooks mit den acht Kindern und einem riesigen Anwesen durchaus eine gute Lehrstunde darstellte, wie Ruth fand.

Sie hatte gerade die letzten beiden Schüsseln mit dem Abendessen auf den Tisch gestellt und setzte sich dazu. Jeder betete stumm sein Tischgebet. Das Essen wurde erst begonnen, wenn der Vater fertig war und damit begann, sich den Teller zu füllen.

Markus dachte erstaunlicherweise nicht über den vorangegangenen Ärger nach, sondern über Lucy, die rosig und gutgelaunt ihren Teller vollgehäuft hatte und mit Appetit aß. Sie war als Kleinkind schwer krank gewesen, so krank, dass sogar ihr Vater es erlaubt hatte, sie zu einem Kinderarzt in die Stadt zu bringen, anstatt sie der Kunst des amischen Heilers anzuvertrauen.

Wie sich herausstellte, litt sie unter Asthma, das immer dann auftrat, wenn sie zu Hause auf dem Hof herumtollte. Zuweilen keuchte sie auch im Haus, da aber meistens im großen Wohnraum oder im Badezimmer. Lange Zeit fand man keine wirkliche Ursache für ihre schlimmen Beschwerden, bis Markus sie eines Tages beobachtet hatte, als sie mit Strike, dem Wachhund, spielte, dabei stolperte und in die Hecke fiel, die als Windschutz neben dem Nutzgarten der Familie wuchs. Sie bekam einen der schwersten Erstickungsanfälle, die sie jemals hatte und niemand vermochte später zu sagen, ob es vielleicht ihr Tod gewesen wäre, hätte Markus sie nicht rechtzeitig her-

ausgeholt und mit Wasser aus dem steinernen Trog ab-
gewaschen. Die Hecke hatte sich so ans Haus geschmiegt,
dass sie in der Nähe von einem der Fenster zum Wohnraum und einem zweiten, zum Waschraum gehörenden,
lag. Nachdem der Vater den Busch entfernt hatte, blühte
Lucy, die seither zu Hause keine Anfälle mehr gehabt
hatte, regelrecht auf. Da jene Heckenart aus Solidarität
auch von den Nachbarn an ihren Anwesen und am
Schulhaus entfernt wurde, gedieh Lucy prächtig und war
nun mit ihren zehn Jahren beinahe so groß wie ihre Mutter.
Markus Gedanken kehrten zum Vater zurück. Wie alles in
der Familie, hatte er damals gegen den Willen der Mutter
auch bestimmt, dass der Heiler die Behandlung des kran-
ken Kindes übernehmen sollte. Lucy litt ein ganzes Jahr,
wurde schwächer und schwächer, und wäre sicherlich
gestorben, wenn nicht Johannes Bontrager in einem erns-
ten Gespräch eingeschritten wäre und Ruben Troyer dazu
überredet hätte, mit dem Kind zu einem richtigen Arzt zu
gehen. Davon allerdings erfuhr Markus erst einige Zeit
später rein zufällig, als er mit der Mutter bei einem Quil-
tabend war und den Unterhaltungen der Frauen lauschte.
Ihre Mutter hatte sich mit ihrer Cousine und engen
Freundin Mettie Schwartz unterhalten, die erst kürzlich
geheiratet hatte und nun schwanger war.
Sie sprachen leise, so dass die anderen es nicht mitbekommen sollten, aber Markus hörte umso genauer zu.
Ruth hatte Mettie ihr Leid geklagt, weil ihr starrsinniger
Ehemann den Arztbesuch vehement verweigert hatte. Sie
berichtete von ihrer Dankbarkeit dem älteren Schreiner
gegenüber, der ihr aus der Not geholfen hatte. Von diesem Abend an achtete Markus, der damals kaum älter als
zehn Jahre war, sehr genau darauf, wie sein Vater die

Familie führte. Jetzt, beinahe erwachsen, nannte er diese Art despotisch und an diesem heutigen Abend fasste er aufs Neue den Entschluss, seiner Familie und seinem Bezirk zumindest für einige Zeit den Rücken zu kehren.

Kapitel 5

Vorerst hielt er sich zurück. Einerseits hatte er erstaunlicherweise Spaß daran gefunden, zum Singen zu gehen und seine alten Freunde wiederzutreffen, andererseits wollte er die Mutter nicht der Frühlingsarbeit überlassen, da irgendwer bei der Feldarbeit helfen musste. Unerwünschter Nebeneffekt war allerdings, dass er Malia öfters sah – zu oft, wenn es nach ihm ging.

Malia sollte recht behalten in ihrer Annahme, dass Markus sie beim Singen auf der Lapp-Farm nach Hause fuhr. Da Malia aber das älteste Kind im Haus der Hostettlers war und damit keinen älteren Bruder hatte, der sie chauffieren konnte, war dies auf Bitten ihrer Eltern hin geschehen. Somit konnte man das kaum als Verabredung betrachten. Sie fuhr mit ihm den weiten Weg zu den Lapps und am Ende der Veranstaltung wieder zurück. Markus ließ das Pferd in gehobener Geschwindigkeit traben und tat nichts, was Malia ermutigen konnte, es als Werbung aufzufassen.

Sie jedoch war blind vor Liebe, die sie für den gutaussehenden Troyer-Jungen empfand und extrem stolz darauf, dass sie es sein durfte, die neben ihm auf dem Kutschbock saß.

„Sieh mal, wie die Sterne funkeln." Malia hatte sich eine Decke übergelegt, da die Frühlingsnächte noch empfindlich kühl waren. Eigentlich war die Decke für beide Personen auf der Kutschbank gedacht, doch Markus hütete sich, sie mit ihr zu teilen. Sie zu berühren war jedoch nicht zu vermeiden auf dem engen Sitz des Einspänners.

„Es ist kalt heute, da ist der Himmel klar. Und der Mond kommt erst später." Gut, über Sterne zu sprechen, war nicht besonders verfänglich.

„Da!" Sie deutete in Richtung des großen Wagens. „Eine Sternschnuppe! Du weißt sicher, was ich mir gewünscht habe."

Sternbilder waren also doch kein gutes Thema.

Malia wandte ihren Kopf in seine Richtung. Markus konnte in der Dunkelheit nur erahnen, dass ihre schönen, großen Augen ebenso funkelten wie die Sternbilder über ihnen.

„Nein, keine Ahnung", sagte er schließlich und fügte sogleich hinzu: „Aber du darfst das auch niemanden verraten, sonst geht es nicht in Erfüllung." Er wusste sofort, da er es ausgesprochen hatte, dass sie es wieder ganz anders auslegen würde, als er es gedacht hatte.

„Wir haben ein neues Pferd bekommen. Ein Zugpferd. Barney war schon zu alt für den Pflug. Kannst ja mal herüberkommen und es ansehen."

Malia war durchaus raffiniert. Sie wusste von Markus' Schwäche für Pferde und benutzte sie gegen ihn.

„Sicher. In den nächsten Tagen."

So plätscherte die Unterhaltung weiter. Malia brachte ein Thema auf, er antwortete so einsilbig wie möglich darauf, ohne direkt unhöflich zu wirken und sie schaffte es, in jeder noch so kurzen Entgegnung Interesse von ihm an ihr abzuleiten.

Markus war nicht glücklich über diese Entwicklung, da er mehr und mehr erkannte, dass es sicher nicht Malia war, die als seine zukünftige Ehefrau in Betracht kam. Er mochte sie, aber je öfter er sie sah und mit ihr sprach, umso mehr störte ihn ihre Willfährigkeit.

Für Malia wiederum stand es außer Frage, dass sie ihm zeigen musste, dass sie eine gute amische Ehefrau abgeben würde, die sich unterzuordnen wusste. Sie ahnte nicht im Mindesten, dass es genau dieses Verhalten war, das Markus gehörig auf die Nerven ging.

Dennoch machte er gute Miene zum intriganten Spiel ihrer beider Eltern, das Malia nicht durchschaute, er jedoch sehr wohl.

Sein Vater schickte ihn zum Helfen hinüber zu Hostettlers, Malia kam, um Ruth zu unterstützen und ihre köstlichen Strudel zu backen. So ging es den Sommer über bis in den Herbst hinein. Markus seinerseits hielt sich bereits seit geraumer Zeit wieder von den Treffen der jungen Leute fern. Hauptgrund war natürlich, um Malia nicht zusätzlich zu ermutigen, obwohl er ihr bereits sehr deutlich gesagt hatte, dass er in der nächsten Zeit nicht daran denke, sich festzulegen.

Auch dieses Gespräch war seltsam verlaufen. Sie saßen auf der Veranda der Hostettlers, nachdem Markus mit der Arbeit in deren Scheune fertig geworden war und Jacob ihn dazu genötigt hatte, mit ihm eine Limonade zu trinken. Dann war Malia mit der Limonade aus dem Haus gekommen, hatte sich zu ihm gesetzt und von Jacob war keine Spur mehr.

„Luke und Katie werden im November heiraten", hatte Malia das Gespräch eröffnet und ihn mit ihren großen Augen angesehen.

„Ja, ich weiß", hatte Markus knapp gesagt. Zuerst wollte er das Thema rasch wechseln, aber dann entschied er sich, Klartext zu reden. Zumindest dachte er, er würde das tun.

„Ich möchte noch nicht heiraten. Ich will mir Zeit lassen und noch einiges unternehmen bis dahin."

„Ja, klar", hatte sie gesagt.

„Vielleicht werde ich so schnell überhaupt nicht heiraten." Markus sah die Notwendigkeit, deutlicher zu werden.

„Natürlich." Sie hatte ihn kurz angelächelt, dann den Blick gesenkt und war mit den leeren Limonadegläsern ins Haus gegangen. Markus hatte zugesehen, dass er nach Hause kam und hatte sich seine eigenen Gedanken über dieses seltsame Gespräch gemacht.

Ein weiterer Grund war, dass gerade in der Sommerzeit in Harrisburg interessante Sommerkurse angeboten wurden, die teilweise auch am Samstagnachmittag stattfanden. Inzwischen hatte er den Führerschein in der Tasche und eine Übereinkunft mit Dwayne Rockwell getroffen, dem eine kleine Autowerkstatt und ein Gebrauchtwarenladen in der Nähe von Paradise gehörte, die besagte, dass er sich am Wochenende günstig ein Auto leihen konnte, um nach Harrisburg zu fahren.

Diese erneute, in den Augen seiner Eltern schlechte, Entwicklung, brachte ihm wieder Ärger mit seinem Vater ein, der mehr und mehr erkannte, dass er Markus nicht würde halten können. In Kürze war sein achtzehnter Geburtstag und die fortwährenden Auseinandersetzungen vertieften die Gräben zwischen Vater und Sohn.

Schließlich kam es zum endgültigen Zerwürfnis der beiden. Im November heirateten die meisten der jungen Paare in ihrem Bezirk, da dies der Monat war, in dem keine Erntearbeit anstand und es insgesamt ruhiger wurde. Da Luke King und Katie Yoder zu denjenigen gehörten, die die Ehe eingingen, hatte Malia trotz der offenen Worte Markus' ihr gegenüber die Flucht nach vorne ergriffen.

Das verhängnisvolle Gespräch fand eines Abends im Hause der Hostettlers statt, als Katie zu Besuch war und sich ausließ über die Freuden des Ehelebens – vor allem mit so einem anständigen Mann wie Luke.

„Und was ist mit dir und Markus? Hat er dich nun endlich gefragt?" Katie verspeiste einen Traum von einem Apfelkuchen, den Malia zum Abendessen gebacken hatte, und von dem noch einige Stücke übriggeblieben waren, und sah ihre Freundin gespannt an.

Malias Mutter, die mit am Tisch saß und aus den im September eingelagerten Äpfeln diejenigen heraussortierte, die angeschlagen waren und deshalb verkocht werden mussten, horchte auf.

„Nein, bisher noch nicht. Aber er sagte ja, dass er sich noch Zeit lassen wollte. Trotzdem hoffe ich, dass er mich vielleicht bald fragt, dann können wir im Januar noch heiraten. Der Bischof meinte, bei den vielen Paaren würde er die Hochzeitssaison bis Januar verlängern."

„Denkst du, er wird dich fragen?", hakte ihre Mutter nach, die eigentlich nicht vorgehabt hatte, sich in das Gespräch zwischen den jungen Frauen einzumischen.

„Nun, er hat mich ja schon mehrmals zum Singen mitgenommen und wieder heimgebracht. Außerdem ist er immer sehr nett, wenn wir zusammen sind. Ich denke, dass es bald so weit sein wird." Malia lächelte verschämt.

„Er hat dich also ermutigt?" Malias Mutter stellte den Korb mit den Äpfeln beiseite und brachte die aussortierten in die Küche. Eine Antwort Malias wartete sie nicht ab.

Sie und ihr Mann hatten die Entwicklung zwischen Malia und Markus mit Sorge beobachtet. Immerhin hatte ihre Tochter das ganze Frühjahr damit verbracht, sich Hoffnungen über eine Verbindung mit Markus Troyer zu machen. In der letzten Zeit jedoch hatte er die Singabende ausgelassen und auch Malia nicht mehr besucht. Das konnte ein schlechtes Licht auf das Mädchen werfen, wenn der junge Mann sich nicht deutlich erklärte. Von außen betrachtet würde es so aussehen, als hätte er die Lust an Malia verloren, was einen schlechten Beigeschmack zurückließ und andere Männer nachdenklich werden ließ. Schon einige Zeit hegte sie die Befürchtung, dass die Idee beider Elternpaare, sich vielleicht nicht mit Markus Plänen deckte. Aber warum ermutigte er Malia dann?

„Dein Vater wird morgen zu Troyers hinüberfahren und ein ernstes Wort mit Ruben und Markus Troyer sprechen. So geht es jedenfalls nicht weiter", bestimmte sie nach einer Zeit des Nachdenkens. „Ich werde gleich mit ihm darüber reden."

Jacob Hostettler sprach mit Ruben Troyer, da sich Markus bei Johannes Bontrager aufhielt. Und als der am Abend nach Hause kam, fand er einen über die Maßen wütenden Vater vor. In weiser Voraussicht hatte die Mutter ihre Töchter unter einem Vorwand zu Mettie Schwartz geschickt, deren Hof über einen Trampelpfad durch die abgeernteten Wiesen und Felder zu erreichen war.

Markus wusste sofort, dass dies die Aussprache werden würde, die er insgeheim schon lange befürchtet hatte. Er hatte das Haus durch den Hintereingang betreten, seine Schuhe saubergemacht, Hut und Mantel auf die Haken gehängt und war in den Wohnraum nach vorne gekommen. Dort saß sein Vater, obgleich es noch zu früh war, um Feierabend zu machen, bereits bei einer Tasse Kaffee.

„Ich hatte eine Unterredung mit Jacob Hostettler", begann Ruben, sich um einen ruhigen Ton bemühend. Markus setzte sich an den Tisch und trank seinerseits vom heißen, süßen Kaffee, den ihm die Mutter hingestellt hatte.

„Was wollte Jacob von dir?" Markus konnte sich denken, in welche Richtung dieses Gespräch gegangen war, war sich aber keiner Schuld bewusst.

„Er meinte, du solltest dein Versprechen Malia gegenüber endlich einlösen und sie nicht länger hinhalten."

Ein unangenehmes Gefühl bemächtigte sich Markus'. Malia musste etwas gründlich missverstanden haben.

„Ich habe Malia nichts versprochen. Im Gegenteil. Ich sagte ihr, dass ich mich im Moment nicht binden werde."

„Du hast sie in deinem Wagen mitgenommen. Du kennst die Bräuche." Rubens Ton war immer noch um Ruhe bemüht.

„Ich habe sie im Wagen mitgenommen, weil ich an Stelle eines Bruders stand, den sie nicht hat. Ihr selber habt mich darum gebeten."

Dieser unterschwellige Vorwurf brachte Ruben aus dem Gleichgewicht. Seine Stimme erhob sich. „Du hättest nicht einwilligen dürfen, wenn du nicht vorhattest, Malia zu deiner Gefährtin zu machen. Du bist alt genug, um das zu wissen."

Markus atmete tief durch. In den Auseinandersetzungen mit seinem Vater hatte er gelernt, die Ruhe zu bewahren und sich zurückzuhalten. Ein kurzer Seitenblick in Richtung Küche sagte ihm, dass seine Mutter es vor Anspannung kaum mehr aushielt. Er erkannte, dass sie befürchtete, das Gespräch könne eine unschöne Wendung nehmen.

Sie behielt Recht. „Du wirst Malia zur Frau nehmen. Das ist entschieden!" Ruben Troyer schlug zur Bekräftigung des Gesagten mit der flachen Hand auf die schwere Tischplatte.

Markus sah ihn an, erstaunt, aber auch missbilligend. „Ich werde nichts dergleichen tun, Vater. Ich hatte es nie vor und ich habe nichts getan, was Malia oder ihre Familie annehmen lassen könnte, dass ich falschgespielt hätte."

„Ich denke, dass du zuerst einmal Respekt zeigen solltest. Vor mir und auch vor Jacob Hostettler, der einen schlechten Eindruck von dir bekommen hat. Und dann wirst du *selbstverständlich* tun, was ich eben sagte. Die Zeit ist reif und du musst nun endlich einmal erwachsen werden."

Markus konnte nicht glauben, wie sich sein Vater verhielt. Andererseits zeigte ihm der Umgang des Vaters mit seiner Mutter, dass sein Vater nicht unbedingt an Liebesheiraten glaubte. Es sah die Ehe als Teil des festgefügten Weges von der Wiege bis zur Bahre. Jeder hatte seinen Platz. Aber welche Rolle spielte das Glück dabei? Durften Amisch nicht glücklich sein? Weil sie dieses Jammertal auf Erden durchleben mussten, um Gottes Reich zu verdienen? Nun verstand er seinen Glauben noch weniger als vorher. Und auch seinen Vater.

„Ich werde Malia nicht heiraten. Das ist mein letztes Wort. Aber ich werde zu Hostettlers gehen, um Malia und Jacob meinen Standpunkt klarzumachen und das Missverständnis, das es deshalb gegeben hat, zu beseitigen. Das kann ich dir versprechen."

Ruth drehte sich um, um ihre Tränen zu verbergen, die sie ohne Zweifel weinte. Markus wusste, was nun unweigerlich kommen würde, ja, kommen musste. Sein Ungehorsam ließ keine Alternative zu. Nicht in den Augen seines Vaters.

Ruben Troyer erhob sich. Er beugte sich nach vorne, stützte sich auf die Tischplatte und sah auf seinen Sohn herab. „Du wirst dieses Haus verlassen. Es ist eine Schande, wie du dich verhältst. Geh zu Malia und Jacob, wenn du möchtest, aber komm nicht mehr nach Hause." Noch einmal schlug er mit der flachen Hand auf den Tisch. Dann drehte er sich um und stiefelte festen Schrittes zur Vordertür hinaus.

Seine Mutter kam weinend auf ihn zu. „Du musst dich entschuldigen. Und Malia nehmen. Sie ist ein liebes Mädchen. Ihr werdet klarkommen!", flehte sie. Es zerriss ihr das Herz, ihr Lieblingskind zu verlieren.

„Mama, ich kann es nicht tun. Ich würde gegen alle Prinzipien verstoßen, die ich habe. Und Malia hat es nicht verdient, mit einem Mann verheiratet zu werden, der sie nicht liebt. Ich werde gehen, so wie Vater es möchte. Aber ich werde wiederkommen. Er kann mir nicht verbieten, wiederzukommen. Niemand kann mich bannen, weil ich nicht getauft bin."

Er umarmte sie heftig und schaffte es kaum noch, seine Tränen zurückzuhalten. Auf keinen Fall wollte er ihr noch mehr Schmerz zufügen. Rasch verließ er die Stube und ging hinauf in sein Zimmer.

Markus packte seine Sachen, die in einen Rucksack passten, und verließ unter Schmerzen sein Elternhaus. Er wollte sich nicht fügen. Er wollte sein Leben nicht bestimmen lassen von seinem Vater und nicht von der amischen Gemeinde.

Es war schmerzlich, als er zu Mettie Schwartz hinüberging, um sich von seinen Schwestern zu verabschieden. Seine verheirateten Brüder wohnten zu weit entfernt im nächsten Bezirk, um auch zu ihnen Auf Wiedersehen sagen zu können. Auch zu Jacob und Malia ging er nicht hinüber. Er sah keinen Sinn darin, etwas aufzuklären, was Malia falsch verstanden hatte oder falsch verstehen wollte. Ihr würde er einen Brief schreiben. Ebenso Johannes Bontrager, dem er viel zu verdanken hatte.

Mit dem Bus fuhr er zu Eric Miller hinüber. Er wandte sich nicht mehr um, als das Fahrzeug Paradise verließ.

„Jetzt ist es also endgültig, ja?" Eric chauffierte, warf aber einige zweifelnde Blicke hinüber zu seinem Fahrgast. Markus hatte noch nie in seinem Leben das dringende Bedürfnis zu weinen gehabt, doch jetzt hätte er etwas darum gegeben, kein starker Mann sein zu müssen. Stattdessen saß er stumm da und hielt seinen Rucksack krampfhaft fest.

„Was hast du jetzt vor?" Eric wollte ihn herausfordern, schon, weil ihm der Junge am Herzen lag und er es nicht verantworten konnte, ihn in diesem Zustand der Welt zu überlassen.

Er sah Markus mehrmals an, bis dieser bereit war, ihm zu antworten. „Ich habe noch ein wenig Geld. Ich versuche, in Harrisburg eine Arbeit zu bekommen, um ein wenig mehr zu sparen und dann endgültig von hier wegzukommen. Das ist jedenfalls der Plan."

„Wo wirst du schlafen?"

„In der Jugendherberge. Dort, wo ich sonst auch übernachtet habe, wenn ich in Harrisburg geblieben bin."

„Dein Vater hat wohl angenommen, du wärst bei einem Mädchen, habe ich recht?"

„Auch, ja. Er dachte wohl an alle Übel der Welt, in die ich mich begeben würde, vermute ich. Er hat mich nie direkt gefragt. Vielleicht hätte ich es ihm gesagt, vielleicht auch nicht."

„Was hast du eigentlich gemacht in Harrisburg?"

„Da gab es einen Wochenendkurs an der Erwachsenenakademie. Ich bin dorthin gegangen und habe mich weitergebildet. Ein bisschen mehr zu erfahren über die Welt, das war mein Ziel. Ich war praktisch den ganzen Winter über dort. Da konnte ich Samstag früh schon hinfahren, wie du weißt. Im Frühjahr und Sommer musste ich zu Hause helfen, da ging es nicht so einfach und ich konnte nur die Samstagabendkurse besuchen. Jetzt im Herbst war ich wieder da."

„Hast du noch Geld?" Eric fuhr in Richtung der Innenstadt von Harrisburg und steuerte schließlich in eine zufällig frei gewordene Parklücke. Er würde seinen Schützling auf jeden Fall unterstützen und kein Geld für den Taxiservice mehr von ihm annehmen.

„Etwas, ja, wie gesagt." Markus hatte in der Tat noch mehr als hundert Dollar in der Tasche, wusste aber ebenso, dass er damit nicht weit kommen würde, wenn er nicht sofort einen Job bekam.

Eric wusste das auch. „Hör zu, ich habe einen Bekannten hier. Wir können mal kurz vorbeifahren und schauen, ob er nicht einen Job für dich wüsste."

„Wenn du das machen würdest. Ich wäre dir sehr dankbar." Markus war nicht zu stolz, um Erics Hilfe anzunehmen.

Es erwies sich als gute Entscheidung, Erics Bekannten zu fragen. Noch am selben Abend konnte Markus in einem Fastfoodladen als Küchenhilfe anfangen. Den Job behielt er über das nächste Vierteljahr, so lange, bis er etwas Geld gespart hatte. Dann verließ er den Bundesstaat Pennsylvania endgültig, auch wenn er zu diesem Zeitpunkt noch nicht wusste, was ihm alles wiederfahren würde.

Kapitel 6

Markus ist gegangen. Nicht freiwillig, nein. Aber früher oder später hätte er uns ohnehin verlassen. Da bin ich mir sicher. Es bricht mir das Herz. Niemals werde ich zulassen, jemandem zu zeigen, wie es in mir aussieht.

„Es ist Gottes Wille", sagen sie.

„Er musste gehen, um die Gemeinschaft nicht durcheinanderzubringen", sagen sie.

„Er war zu weltlich und passte nicht zu uns", sagen sie.

Ich sage, sie alle haben Unrecht. Markus ist gegangen, weil sein Vater ihn aus dem Haus getrieben hat. Und ich genaugenommen auch.

Wir wollten beide, dass Markus Malia heiratet, das gute, amische Mädchen mit ihren wunderbaren hausfraulichen Fähigkeiten und dem demütigen, frommen Gemüt. Sie wäre die perfekte Frau für ihn gewesen. Der Meinung bin ich bis heute.

Ruben ist härter denn je geworden. Unsere Freunde und Nachbarn zollen ihm Respekt, weil er mit aller Härte gegen die Auswüchse in seinem Haus durchgegriffen hat. Nun muss er beweisen, dass er alles in unserer Familie fest in der Hand hat. Die Mädchen dürfen so gut wie nicht mehr hinaus. Er ist auf der Suche nach einem geeigneten Ehemann für Ida. Das arme Mädchen. Letztendlich wird sie froh sein, diesem Haus endlich entfliehen zu können, egal, welchen Mann ihr Ruben zuführt. Ich bete zu Gott, dass er Ruben mehr Sanftmut und Geduld verleiht. Ich weiß nicht, ob ich ihn noch lange so aushalten kann, ohne daran zu denken, meiner Schwester im Nachbarbezirk einen langen Besuch abzustatten.

Immerhin habe ich einen Plan, Ida ein wenig aus der Schusslinie zu nehmen. Sie wird ihrer Schwägerin, der Frau unseres Sohnes Abe, beistehen, die in Kürze das zweite Baby erwartet. Da diese mit ihrer Familie auch im nächsten Bezirk wohnt, wird Ida eine Weile dort bleiben. Das wird ihr gut tun.

Und vielleicht erzählt sie ihrer Schwägerin auch ein wenig über die Zustände in unserem Haus. Die wird es ihrem Mann erzählen und der wird vielleicht ein Wort mit seinem Vater reden …
Man wird sehen.

Doch was ist mit Markus? Wie wird er in der Welt draußen bestehen?

Wenn ich mich beruhigen will, dann überlege ich, dass Markus durchaus in der Lage ist, sein Leben zu bewältigen. Er kann kochen (wenn ich daran denke, muss ich beinahe lachen), er kann hart arbeiten. Und als Schreiner, der er ist, kann er sogar bei den Englischen sein Geld verdienen. Aber was ist mit dem Neid, der Unsicherheit, der Bosheit, der Gier? Kann er erkennen, wenn die Leute ihn betrügen? Ist er klug genug, um die Weltlichen zu durchschauen? Ihre Absichten, die nicht immer gut sind, zu begreifen?

Dann weine ich mich in den Schlaf.

Kapitel 7

Es war eine Sache, an den Wochenenden die Welt der Englischen zu testen, eine ganz andere Sache, in ihr dauerhaft zu bestehen. Markus hatte inzwischen gelernt, wie es ist, ohne den Rückhalt der Familie, ohne die wohlwollende Unterstützung der Freunde und Nachbarn zurechtzukommen. Auf eigenen Beinen zu stehen, hieß, alleine zu sein. Nicht nur in den Tagen, die frei von Sorgen waren, vor allem auch in den Tagen, in denen er Hilfe bitter nötig gehabt hätte. Sein Elternhaus war voller Menschen und trotz der Auseinandersetzungen, die er in der Hauptsache mit seinem Vater durchfechten musste, fühlte er sich geborgen in der großen Gemeinschaft.

Die letzten drei Monate hatten sein Weltbild relativiert. Er erkannte, wie hart Consuela, seine Kollegin im Imbiss, arbeiten musste, um ihre beiden Kinder und sich durchzubringen, nachdem ihr Mann sie verlassen hatte. Sie stammte aus Kolumbien und hatte vor zehn Jahren einen Amerikaner geheiratet. Zuerst war er der liebevolle Vater und Ehemann, doch dann wuchs ihm alles über den Kopf und er verschwand bei Nacht und Nebel, ohne sich jemals wieder bei seiner Familie zu melden. Nun konnte Consuela zwar im Land bleiben, musste aber sehen, wie sie sich zurechtfand. Hinzu kam, dass sie eine überaus hübsche, immer noch junge Frau war, die sich gegen die Belästigungen der Männer, die die Kellnerin als Freiwild betrachteten, erwehren musste. Das war die Kehrseite der weltlichen Freiheiten.

Markus begann, immer öfter an seine Familie zu denken und an sein behütetes Leben, aber er konnte sich nicht dazu entschließen, dorthin zurückzukehren.

Da er im Restaurant eine kostenlose Mahlzeit bekam und die Unterkunft in der Jugendherberge nicht teuer war, hatte er einige hundert Dollar gespart, mit denen er nun in den Süden fuhr und versuchte, dort Arbeit zu finden. Es war inzwischen Frühsommer geworden und zur Not konnte er einige Nächte im Freien verbringen, so dass ihn die Übernachtung zumindest nichts kosten würde. So viel hatte er allerdings schon gelernt in den letzten Monaten: Er musste sich in Acht nehmen vor der Polizei, die ein Auge auf Landstreicher geworfen hatte. Abgesehen davon lag es ihm fern, als Obdachloser zu enden.

Er hatte sich Charleston ausgesucht. Warum, wusste er selber nicht. Der Name gefiel ihm, als er den Busfahrplan studierte. Nun saß er an seinem Fensterplatz im Bus, den Kopf dösend an die Scheibe gelehnt, und überlegte, was er wohl tun würde, wenn er endlich angekommen wäre. Eine ältere Dame riss ihn aus seinen Gedanken.

„Guten Tag, Sie erlauben?" Sie lächelte freundlich und deutete auf seine Jacke, die er achtlos auf den leeren Sitz neben ihm gelegt hatte.

„Oh, entschuldigen Sie bitte." Er beeilte sich, die Jacke wegzunehmen und legte sie über seine Beine.

„Es ist schon gut. Sie fahren bis Charleston?"

„Richtig. Ich war noch nie da. Wie ist es dort?"

„Heiß, um diese Jahreszeit. Einige Touristen, viele Straßenbaustellen in der letzten Zeit." Sie lächelte und wischte sich eine Strähne ihres grauen Haarschopfes aus dem Gesicht. „Was haben Sie dort vor? Besuchen Sie Verwandte, oder Freunde?"

„Nein, ich versuche, dort Arbeit zu finden."

„Oh, dann hätten Sie in den Norden gehen müssen. Es gibt überall wenig Arbeit und im Süden noch viel weniger." Sie setzte ein bekümmertes Gesicht auf. „Aber vielleicht versuchen Sie es mal bei einer Arbeitsvermittlung. Was können Sie denn?"

„Ich kann kochen und mit Holz arbeiten. Und ich bin kräftig." Markus war nicht sicher, wie er ihre Frage beantworten sollte.

„Dann versuchen Sie es mal hier…" Sie übergab ihm einen Zettel, auf den sie eine Adresse geschrieben hatte. „Die vermitteln Handwerker. Ihr Büro liegt im Erdgeschoss des Mietshauses, in dem mein Sohn wohnt. Wenn wir aus dem Bus aussteigen, erinnern Sie mich, dass ich Ihnen den Weg zeige."

„Das ist sehr nett von ihnen, M'am." Markus sah sie erstaunt an. Mit der Erfahrung der letzten Monate konnte er nicht erwarten, dass wildfremde Menschen sich um ihn bekümmerten.

„Keine Ursache. Sie werden schon was finden. Bestimmt."

Sie nickte ihm noch einmal freundlich zu, dann lehnte sie sich zurück und schloss die Augen.

Tatsächlich zeigte sie ihm einige Stunden später, als sie endlich im Busterminal einfuhren, den richtigen Weg, mit dem abschließenden Rat, sich zu beeilen, um noch vor Geschäftsschluss dort anzukommen.

Markus war verschwitzt und müde, dennoch machte er sich sofort auf den Weg zu dem Büro, das an einer lauten Straße lag und vor dem sich einige seltsame Gestalten herumdrückten. An die Art einiger englischer Jugendlicher, sich möglichst zerlumpt und abgerissen zu kleiden, um sich von anderen abzuheben, konnte er sich nicht gewöhnen.

Er drückte sich an ihnen vorbei, versuchte, nicht auf ihren Spott, der seiner Kleidung galt, zu hören und öffnete die Tür zu dem kleinen Büro. Es erschien, entgegen zum Eindruck der umliegenden Gegend, erstaunlich sauber und aufgeräumt. Die dunkelhäutige Dame, die am Bürotisch saß, lächelte ihm freundlich zu, als er sich ihr näherte.

„Was kann ich für Sie tun?", eröffnete sie das Gespräch. Sie trug eine Art Uniform, weiße Bluse, dunkelblauer Blazer und eine gleichfarbige Hose. Ihre pechschwarzen, krausen, schulterlangen Haare hatte sie mit einem breiten Haarband gebändigt.

„Ich bin auf der Suche nach Arbeit", sagte er schlicht.

„Sie sind nicht von hier?", erriet sie lächelnd.

„Nein, ich stamme aus Pennsylvania County."

„Füllen Sie mir doch bitte dieses Formular aus. Und ich brauche einen Ausweis."

Markus tat, wie sie verlangte, und reichte ihr den Ausweis hinüber. Er hatte sich ohne Wissen des Bischofs vor zwei Jahren einen „weltlichen" Ausweis machen lassen, auf dem ein Bild von ihm in seiner amischen Kleidung zu sehen war. Normalerweise lehnten Amisch es ab, sich fotografieren zu lassen und konnten einen Ausweis ohne Lichtbild beantragen.

„Sind Sie Amisch?"

„Ja. Ist das ein Problem?"

„Ganz und gar nicht. Normalerweise gute Arbeiter mit viel Sachkenntnis und Geduld bei der Arbeit. Also sicher kein Nachteil bei der Jobsuche. Sie sind Schreiner?", las sie von seinem ausgefüllten Formular ab.

„Ich kann sehr gut mit Holz arbeiten. Möbel und Scheunen bauen, Aufbauten für Wägen und so was alles."

„Dann habe ich den idealen Job für Sie. Seltsam, dass Sie gerade heute hier auftauchen, wo ich schon dachte, ich müsste denen absagen, weil ich einfach niemanden finden kann." Die letzte Bemerkung war weniger für Markus gedacht. Er hatte aber rasch erkannt, dass er tatsächlich Glück hatte. Wieder einmal.

„Also, das ist eine Filmausstatterfirma, die Mitarbeiter suchen. Die drehen einen Film draußen ...", sie nahm einen Plan zur Hand und zeigte ihm den Straßenverlauf, „...da, auf dieser Plantage. Sie suchen jemanden, der mit Holz umgehen kann, am besten einen Zimmermann oder so etwas Ähnliches. Ich vermute, Sie sind der Richtige für den Job."

Markus dachte an die vielen Male, an denen er bei einem Scheunenbau geholfen hatte. Es war nicht einfach, so viele Leute – manchmal waren es bis zu fünfzig Männer, manchmal noch mehr – an die richtigen Stellen zu dirigieren, damit die Wände der neuen Scheune nicht wieder in sich zusammenfielen. Johannes Bontrager hatte hier oft die Regie übernommen und auch Markus in diese Kunst eingeweiht.

„Ja, ich bin der Richtige für diesen Job!", bekräftigte er noch einmal, auch wenn er keine Ahnung hatte, was eine Filmausstatterfirma machte. „Wann kann ich anfangen?"

„Morgen, wenn es nicht zu früh für Sie ist. Die suchen wirklich dringend jemanden. Zwei Leute habe ich ihnen schon geschickt, aber die haben nicht gehalten, was sie versprochen haben. Wenn ich jetzt wieder falsch liege, dann wird nichts aus meiner Provision. Also enttäuschen Sie mich nicht!" Sie war eindeutig von der direkten Sorte.

„Ich kann das! Sie werden sehen!"

Sie lächelte und er lächelte zurück. Wenig später stand er mit der Adresse und einigen anderen Papieren auf der Straße und erkannte, dass er reichlich Hunger hatte. Mit dem Job in der Tasche, erlaubte er sich, in einem Fastfoodladen ein Menü zu erstehen, das er noch im Laden verdrückte. Doch er war vorsichtig. Viel Geld hatte er nicht und wenn aus der neuen Arbeit aus einem unerfindlichen Grund nichts werden sollte, dann musste es noch länger reichen. Also fragte er sich durch nach einer Jugendherberge, wo er tatsächlich für diese Nacht noch ein Bett bekam.

Früh am nächsten Morgen marschierte er die wenigen Meilen hinaus zu der Plantage, die ihm die freundliche junge Dame auf einem Stadtplan markiert hatte. Je mehr er sich näherte, umso schmaler wurde die Straße, die Charleston mit einem weit draußen gelegenen Vorort verband. Viel Verkehr schlängelte sich dort entlang und er hatte zuweilen Mühe, den teilweise recht rasanten Autofahrern auszuweichen, als er unvermittelt vor dem riesigen Areal stand, in dem man weit hinten das majestätische Herrenhaus erahnen konnte.

Ein Film wurde also gedreht. Markus hatte ein, zwei Mal einen Film im Kino gesehen, hatte aber keine rechte Vorstellung von dem, was dazu nötig war, um ihn herzustellen. Deshalb war er sehr erstaunt, als eine ganze Flotte von Lastwägen, Transportern und kleineren Fahrzeugen die Auffahrt zur prächtigen Anlage säumten. Da er noch vor Sonnenaufgang losmarschiert war, hatte er noch genug Zeit, um sich mit der Umgebung vertraut zu machen. Also stand er erst einmal an der Umzäunung. Trotz des immensen Fuhrparks erkannte er die malerische Promenade aus uralten Eichen, aus deren Ästen das spanische Moos hing.

Die Allee zog sich schnurgerade hinauf bis zu den ersten Gebäuden, die in der Ferne gerade noch zu erkennen waren. Heraus stach im Hintergrund das große Herrenhaus, massiv und für die Ewigkeit gebaut. Abgesehen vom technischen Material, das rund um die Laster scheinbar unordentlich herumlag und hie und da mit Planen abgedeckt war, wirkte alles sauber und gepflegt. Beides war für ihn wichtig. Er hasste Unordnung und Unsauberkeit.

Dies hier erinnerte ihn an zu Hause, wo jede Familie alles daransetzte, ihren Besitz so gut wie nur irgend möglich in Schuss zu halten. Im Grunde genommen war es die Aufgabe der Hausfrau, Haus und Hof sauber zu halten. Jeden Tag wurde die Veranda gekehrt, Unkraut und verwelkte Blumen gezupft und wurden die Kutschen und sonstigen Geräte gesäubert. Jeder Wochentag hatte seine eigene Verrichtung. Montags noch vor Sonnenaufgang wurde gewaschen. Die Nachbarinnen überboten sich darin, als erste die Wäsche der Familie draußen hängen zu haben. Bei Wind und Wetter flatterten die Wäschestücke und waren weithin zu sehen, und wirklich nur bei Regen ließen die Frauen ihre gewaschene Wäsche im Haus trocknen. In Markus keimte Heimweh auf, nicht zum ersten Mal, seit er von zu Hause weggegangen war.

Eine unfreundliche Stimme riss ihn aus seinen Gedanken. „Zaungäste nicht erwünscht!", blaffte ihn der Wachmann an, der plötzlich aus dem Nichts erschienen war. Von Kopf bis Fuß in schwarz gekleidet und mit dicken Muskelpaketen am Körper, wirkte er, als könne er vor Kraft kaum gehen.

„Ich soll mich hier wegen eines Jobs vorstellen. Hier, sehen Sie!" Markus zeigte die Nachricht des Vermittlungsbüros vor.

Der Muskelmann besah sich die Papiere, brummte unverständliches Zeug und zeigte schließlich auf einen Wohnwagen, der im hinteren Bereich der Fuhrparkarmada geparkt war. „Da hinten haben die ihr Büro!" Er dirigierte Markus zu einem kleinen Tor und ließ ihn herein.

Markus ging über den Platz und beobachtete die Arbeiter, die Kabel auf- und abrollten und auf die kleineren Fahrzeuge, die wie kleine Traktoren mit vielen Anhängern aussahen, luden. Schließlich tuckerten sie die Auffahrt hinauf zur inneren Umzäunung rund um das Herrenhaus. Markus blieb stehen, obwohl ihm der Wachmann ungeduldig und mit deutlichem Fingerzeig zurief: „Da hinten!"

Markus trödelte. Die Schönheit des Ortes faszinierte ihn. Nun, da er sich im Inneren des Anwesens befand, hatte er einen unverstellten Blick darauf. Die Magnolienbäume, die in zweiter Reihe hinter der Eichenallee standen, bildeten zusammen mit diesen ein dichtes Blätterdach über dem ungeteerten, aber steinhart gefahrenen Weg. Das spanische Moos, auch Blackbeards Bärte genannt, – Schmarotzerpflanzen, die aus dem Laub der Bäume wie die zottelige Haartracht der Ältesten bei ihm zu Hause herabhingen –, bewegten sich im säuselnden Wind. Am Ende der Auffahrt begann der Bereich, der den einstigen Herrschaften vorbehalten war. Eine niedrige Steinmauer markierte die Begrenzung des inneren Areals mit dem schmucken Garten und dem großen Haus zu den in einer Reihe links hinter den Alleebäumen geduckt dastehenden kleinen Steinhäuschen der früheren Sklavenfamilien. Dem gegenüber, auf der rechten Seite etwas weiter zurückgesetzt, erhoben sich seltsame hölzerne Gebilde, die nicht hierher passten und wie die Kulissen in einem Theaterstück aussahen. Sie hatten in seiner Schule kleine Theaterstücke aufgeführt, die den Jahreslauf im Leben ihrer Gemeinschaft abbildeten und mit einfachen Reimen unterlegt waren. Damals hatten sie auch Kulissen gebaut, viele Nummern kleiner als diese hier.

Markus wandte sich um und sah den Muskelmann ein paar Schritte auf ihn zukommen. Er winkte ab und trabte nun endgültig auf den Wohnwagen zu.

Das Innere des Bürocontainers bestand aus einem Schreibtisch, einer Aktenwand und einem überdimensionalen Tohuwabohu aus Papier. Markus dachte bei sich, dass eine Bürokraft hier wochenlang Arbeit haben würde, allein, um all die Papiere in die Ordner zu versenken. Das ordentliche Büro Johannes Bontragers kam ihm in den Sinn. Seit er von zu Hause weg war, verglich er alles und jedes mit den Gegebenheiten in seinem Heimatbezirk. Meistens stellte er fest, dass dort nicht nur die Umgebung sauberer und ordentlicher erschien, es war auch das tägliche Leben, das einem festen Ablauf folgte und durch die Regeln, die einzuhalten waren, strukturiert und im Fluss erschien. In der *englischen* Welt schien nichts im Fluss zu sein.

Der dicke Mann, der sich als Nick vorgestellt hatte, begutachtete Markus' spärliche Unterlagen.

„Du kommst aus Pennsylvania County?"

Markus hatte seinen Strohhut abgenommen, den er immer noch bei sich hatte, und mit dem er immer noch auffiel im Straßenbild der *Weltlichen*. Er trug auch immer noch die schwarze Hose, die ihm seine Mutter genäht hatte, allerdings hatte er sich inzwischen ein neues Hemd kaufen müssen, weil eines seiner beiden alten Hemden zu unansehnlich geworden war.

„Ja, Sir", antwortete er auf Nicks Frage.

„Einer von diesen ..."

„Amisch, ja. Ist das ein Problem für Sie?"

„Nein, gute und fleißige Arbeiter. Habe ich gehört. Hatte noch nicht das Vergnügen. Also, Amisch-Junge, wenn du anfangen willst, dann sind wir im Geschäft."

„Deshalb bin ich hier."

Nick füllte einen Bogen aus und schob ihn Markus hin, der darauf unterschrieb.

Die Bezahlung war eine Frechheit, aber immerhin wurde ihm eine Schlafmöglichkeit hier auf dem Platz angeboten. Nick nahm ihn mit hinüber zu einigen Baucontainern, die – schmuddelig anzusehen – in einer Reihe an der äußersten Begrenzung des Grundstückes standen. In dem Container, den Nick nun mit ihm betrat, standen drei schmale Pritschen, mit jeweils einem etwa halben Meter breiten Regal, das bis zur Decke reichte, dazwischen. Zwei der Betten und die dazugehörigen Regale waren mit Klamotten und Krimskrams übersät. Es roch nach kaltem Rauch, was Markus zuwider war, und ein Aroma von verschüttetem Schnaps lag in der Luft, was er noch weniger mochte.

Nick sah ihn an: „Und?"

„Es wird gehen." Markus beeilte sich, noch ein „danke" hinterherzuschieben, da er diese Ausdrucksweise nicht gewohnt war. Wieder drängte sich seine Heimat in seine Gedanken. Die Amisch bedankten sich normalerweise nicht für Selbstverständliches. Wer gab, gab gerne, wer nahm, nahm mit Freude. Zu danken und zu bitten war so, als würde man davon ausgehen, dass der andere weder gerne gab noch gerne annahm. Seit er unterwegs war, hatte sich Markus angepasst, vergaß aber hin und wieder diese kleinen und doch so bedeutungsvollen Worte.

Er legte seinen Rucksack auf das offensichtlich unbenutzte Bett, dessen Kissen und Zudecke jedoch so verschmutzt waren, dass er darin sicher nicht schlafen würde. Nick drängte zum Aufbruch.

Während sie den Platz wieder überquerten, erklärte sein Chef ihm, was er zu tun haben würde.

„Ich habe Leute fürs Grobe, aber für die Arbeiten, die genauer ausgeführt werden müssen, ist grade keiner da. Joe, der das sonst gemacht hat, hat sich das Bein gebrochen. Fiel vom Motorrad, der Idiot, und fällt nun bestimmt drei Monate aus. Das ist praktisch die gesamte Drehzeit in diesem Jahr hier. Ich hoffe, du hast nicht gelogen, als du behauptet hast, dass du dich aufs Schreinern verstehst. Aber ihr Sektierer lügt doch nicht?"

„Ich bin kein...", Markus war es leid, ständig seine Religion erklären zu müssen und winkte ab, „...ach, egal. Ich kann es, aber ich habe kein Werkzeug."

„Gibt es hier." Nick bog erstaunlicherweise nicht zur Kulissenstadt ab, sondern führte Markus die Allee hinauf zum Herrenhaus. „Ich habe gleich einen Spezialauftrag für dich."

Markus ahnte, dass sein Herr und Meister sein Können auf die Probe stellen wollte. Als sie die Steinumzäunung passiert hatten, öffnete sich der Blick zum majestätischen Besitz des einstigen Plantagenherrn vollkommen unverstellt.

Zwischen Steinmauer und Haus war ein hübscher Nutz- und Rosengarten angelegt. Inmitten der farbenfrohen Blumenrabatten gediehen verschiedene Kräuter und Gemüsesorten in ihren akkurat abgemessenen Beeten. Hie und da standen romantisch verschnörkelte Stühle und Tischchen zwischen den Rosenhainen. Markus gefiel die gut gepflegte Anlage, in der gerade ein Gärtner, der bunte Rosen in einen Korb legte, zugange war.

Markus' Blick fiel wieder auf das Wohnhaus. Es wirkte nun, von nahem betrachtet, kleiner als er dachte. Wohl war es ein hohes, zweistöckiges Steinhaus und er konnte auch dessen Tiefe nach hinten nicht abschätzen, aber so ein erheblicher Größenunterschied zu den größeren Farmen in seiner Heimat bestand nun wieder nicht. Es waren die großen Fenster, die den Bau so mächtig erscheinen ließen. Vor dem Eingangsportal lag eine überdachte Veranda, die nach oben in einen ausladenden Balkon überging. Zwei weiße Schaukelstühle standen links und rechts neben dem Eingang, einer davon arg beschädigt.

„Hast du Ahnung vom Film?", fragte Nick und kratzte sich an seiner blankpolierten Glatze. Markus schüttelte den Kopf.

„Schauspieler sind teuer. Bevor die eigentlichen Aufnahmen beginnen, werden für einige Szenen Stellproben gemacht. Man probiert aus, ob die Szenen so funktionieren. Gestern hatte ein Double die Aufgabe, bestimmte Strecken abzumessen. Dabei werden auch die Beleuchtung und die Kameraeinstellung geprüft. Es sollte mit seinem Pferd mit Karacho vom Tor aus heraufreiten." Nick blickte den Weg hinab bis zum steinernen Tor und deutete mit dem Finger an, welchen Weg der Reiter nehmen hätte sollen. „Dann sollte er so spät wie möglich stoppen, vom Sattel aus auf die Veranda springen und dann im Haus verschwinden. Er hat das ganz gut hinbekommen, stolperte aber auf der obersten Verandastufe und fiel in den Schaukelstuhl. Das Ergebnis siehst du hier."

Markus hatte das Stück inzwischen in Augenschein genommen. „Einen Neuen bauen oder den reparieren?" Er zog die zerbrochene Rückenlehne auseinander und fingerte die Querstäbe heraus.

„Was geht schneller?"

„Wenn das passende Holz da ist, dann reparieren. Wo kann ich Material und Werkzeug finden?"

„Da vorne, der kleine Schuppen."

Markus nickte. Dann raffte er alle Teile des ramponierten Stuhles zusammen und schleppte sie hinüber in den Schuppen außerhalb der Steinumzäunung.

Er tat sich schwer mit dem Werkstück, in erster Linie deshalb, weil es sich bei dem Möbel um billigen Ramsch handelte. Kein Wunder, dass er so leicht zerbrechen konnte. Die Stäbe waren so dünn, dass er sie kaum mit Stiften zusammenfügen konnte. Manche waren regelrecht zersplittert, so dass er sie erneuern musste. Während er vor sich hin arbeitete, dachte er an Johannes Bontragers Werkstatt.

„Die meisten Englischen lieben diesen Tand, weil sie damit jeder Mode hinterherlaufen können", hatte Johannes gesagt, nachdem er die Reparatur eines allzu preiswerten und minderwertigen Möbels abgelehnt hatte. Er hatte dem Kunden hinterhergesehen und die Stirn in Falten gelegt. „Das ist einer der Gründe, warum ich die englische Welt nicht mag. Moden wechseln schnell, genauso wie Werte. Als ich noch ein Junge war und wir zusammen mit den englischen Kindern in die Schule gingen, da gab es zwischen uns und den Kindern aus den umliegenden Farmen keine so großen Unterschiede. Sie hatten all diesen modernen Schnickschnack nicht, spielten mit uns Baseball und Verstecken. Und heute – sie sie dir an…" Er hatte auf drei Halbwüchsige gedeutet, die mit einem Touristenbus gekommen waren und sich nun gelangweilt auf den Ruhebänken lümmelten, während die Erwachsenen auf Einkaufstour waren. „Sie sitzen beisammen und jeder starrt auf dieses Ding, das sie heute Smartphone nennen. Vor zwei Jahren hieß das Zeug noch Handy. Es ist egal, wie es heißt – es nimmt ihnen so oder so die Sprache. Und es raubt ihr Benehmen. Jeder wird zum Egoisten. Keiner achtet mehr auf den anderen. Dort! Schau!" Johannes hatte zu zwei Erwachsenen hinübergenickt. Junge Männer, von denen jeder ein Getränk in der Hand hielt, Bierdosen, die sie aus dem Bus mitgebracht hatten, und mit der anderen Hand ebenfalls ihre Mobiltelefone bedienten.

Markus hatte damals verstanden, was Johannes sagen wollte. Die Welt da draußen hatte zu viele Götter, als dass der Blick auf den wahren Herrn noch möglich gewesen wäre.

Seine Mutter hatte ihm einmal erklärt: „Wenn du dir Gott als Baum vorstellst, dann steht dieser Baum in unserer Welt auf einer Anhöhe, von nichts und niemanden bedrängt. In der englischen Welt bauen sie ihre eigenen Götter: Autos, Geld, Macht, Mode, Häuser. Diese Dinge stehen wie ihre Wolkenkratzer rund um den Hügel mit dem Baum. Du kannst ihn nicht mehr sehen!"

Markus hatte auch dieses Bild verstanden.

Doch sein Vater hatte gebrummt: „Sie dich vor, Frau, so etwas über Gott zu verbreiten. Wenn der Bischof das hört, wird er dich zurechtweisen!"

Markus schmirgelte an einer Querstrebe. Viel zu oft begannen und endeten die Sätze seines Vaters mit den Worten: „Wenn der Bischof das hört!"

War es wirklich so, dass die Amisch nicht selbstständig denken durften oder war dies nur die enge Auslegung seines Vaters? Das war eine der Fragen, die ihm niemand beantworten hatte wollen. Daraufhin hatte er sich dazu entschlossen, selber zu denken.

Nick schaute am Abend wieder herein. Markus war um die Mittagszeit hinüber zum Container gegangen, um das Sandwich zu essen, das er sich am Morgen mitgebracht hatte. Und er hatte den dreckigen Bettbezug gewaschen und über einen Ast des Baumes gehängt, der hinter dem Container stand.

„Hast du die Flagge hinter eurem Container aufgezogen?", schmunzelte Nick gutmütig, während er zu Markus an die Werkbank trat.

„Der Bezug strotzte vor Dreck", gab Markus ungerührt zurück. „Ich hoffe, er ist trocken zur Schlafenszeit."

Nick grinste. Ihm gefiel der junge Mann außerordentlich gut und er wusste, dass der seinen Weg sicher machen würde.

Der Stuhl war fertig und musste noch einen neuen Anstrich erhalten. Nick begutachtete ihn. „Prima Arbeit! Du hast nicht übertrieben, Junge."

Markus hatte seine Probezeit überstanden. Er hatte einen Job und ein Bett, dessen Bezug gewaschen und getrocknet war, und sogar noch ein wenig Geld dazu. Das war fürs Erste nicht so schlecht.

Kapitel 8

In den nächsten Tagen wurde hektisch auf den eigentlichen Drehbeginn hingearbeitet. Meistens war Markus mit den anderen Kollegen von Nicks Firma an den großen Kulissen zugange. Schließlich bekam er den Auftrag, die Einrichtung eines Westernsaloons, die aus dem Fundus des Produktionsstudios stammte, zu überarbeiten. Damit hatte er eine Woche lang gut zu tun.

Dann rückte das Filmteam an und damit die Schauspieler. Obwohl es eine Baustellenatmosphäre blieb, brachten die berühmten Leute Glanz in die Szenerie. Ein überdimensionaler Cateringwagen sorgte für allerlei feine Kost, weitere Wohnmobile reihten sich auf einem freien Platz hinter den Westernkulissen aneinander. Sie dienten als Garderoben, Aufenthaltsräume und Büros der Produktionsfirma.

Für Markus bedeutete der neu entstandene Trubel nichts. Weder kannte er die Schauspieler, noch konnte er die Filmerei als etwas Besonderes identifizieren. Er war ohne Fernsehen, Kino und dergleichen aufgewachsen und hatte die wenigen Male, da er einen Kinofilm besuchte, nicht wirklich im Gedächtnis behalten. Er verstand die Aufregung nicht, die die Leute um manche Stars und Sternchen machten.

Als er an diesem ersten Abend durch das neu entstandene künstliche Dorf ging, verglich er im Geiste sein Containerdorf mit diesem Ambiente hier. Es war eine Zwei-Klassen-Gesellschaft entstanden: hier die Hochglanz-Gesellschaft, dort das heruntergeschundene Arbeiterviertel, das in den letzten Wochen so etwas wie seine Heimat geworden war.

Seine Mitbewohner Jack und Martin erwiesen sich als leicht angejahrte Junggesellen, die gerne reisten und schon seit vielen Jahren für die groben Arbeiten, wie Nick es nannte, zuständig waren. Die beiden waren es auch, die vor längerer Zeit auf die Idee mit den Containern kamen, um Geld für die Unterkunft zu sparen.

Markus hatte jedoch schon herausgefunden, dass sie zuweilen durchaus nicht auf Hotelübernachtungen verzichteten, wenn sich eine willige Dame als Begleitung fand. Jack und Martin fühlten sich bemüßigt, den jungen Mann unter ihre Fittiche zu nehmen, doch als Markus weder an Zigaretten noch an Alkohol Interesse zeigte, akzeptierten sie, dass er nicht immer in die Kneipe mitkam, die eigentlich ein Motorradtreff auf halbem Wege nach Charleston war.

Auch die drei, die im anderen Container hausten, waren nette Burschen. Carl und die O'Rourke-Brüder, Zwillinge, die sich wie ein Ei dem anderen glichen. Bestenfalls gelang es Markus, sie an ihrer Kleidung auseinanderzuhalten, aber normalerweise achtete er nicht darauf.

Die Schauspieler übernachteten in einem guten Hotel in der Innenstadt, die weniger gut bezahlten Wasserträger in einem Motel etwas außerhalb, so dass die sechs Kulissenbauer und ihr Chef abends die Filmstadt wieder für sich alleine hatten.

Markus hatte tagsüber beobachtet, dass eine beträchtliche Anzahl von überwiegend weiblichen Zaungästen an der Umfriedung stand und beim Anblick eines jungen Blondschopfes in hysterische Begeisterungsstürme ausgebrochen war. Dass Akteure in der Welt draußen, wie er jegliches Treiben außerhalb seiner amischen Heimat immer noch nannte, berühmt und gefeiert waren, wusste Markus durchaus, doch solche Hysterie hatte er nicht erwartet. Die Wachmänner mussten die Fans immer wieder vertreiben, da sie die schmale Straße, die am Anwesen vorbeiführte, beinahe komplett verstopften.

Markus war von seinem Spaziergang zurückgekehrt und setzte sich zu Jack auf die Stufen vor dem Container. Der Mitvierziger mit den graumelierten Haaren drückte ihm ein Bier aus einer Kühlbox in die Hand.

„Was hat es mit diesem Bert Rhodes auf sich, dass die Mädels so verrückt spielen?", fragte Markus, während er die Lasche der Bierdose abzog und einen herzhaften Schluck trank.

Die Hitze des Tages drückte trotz der hereingebrochenen Dämmerung immer noch herunter. Es würde den Sommer über so bleiben hier im Süden der USA. Markus hatte immer noch Scheu, in einem T-Shirt und kurzen Hosen den Tag zu verbringen. Zu Hause wurden die Touristen milde belächelt, von einigen Ältesten durchaus auch im Stillen verurteilt, wenn sie in kurzen Hosen und ärmellosen Shirts herumliefen.

„Der ist der kommende Superstar. Spielte in irgend so einem Teenie-Schinken mit. Drei Teile bis jetzt, einer schlimmer als der andere. Unreife Bürschchen retten die Welt und ihre Weibchen noch dazu. Ein paar einfältige Dialoge und ein wenig Erotik. Aber die jungen Leute stehen drauf. So wurde er bekannt. Und jetzt gibt er hier den jugendlichen Bürgerkriegshelden. So einen Robin-Hood-Verschnitt. Held, Indianerfreund und dann auch noch der unvermeidliche Bürgerkrieg."

„Du magst diesen Film hier wohl nicht?"

„Merkt man das?", Jack zog eine Grimasse und verteilte noch mehr Bier. Markus winkte ab. Mehr als eine Dose trank er selten an einem Abend. Er hielt sich lieber an

Wasser, obwohl er schon bemerkt hatte, dass das Leitungswasser hier nicht mit dem Brunnenwasser in Pennsylvania-County mithalten konnte. Seit er eine Magenschwäche dem lauwarmen Wasser hier zuschrieb, kaufte er sich Wasser im Supermarkt, wobei es ihm gehörig widerstrebte, für Wasser Geld auszugeben.

Jack wurde wieder ernst. „Ach, es ist eine schöne Abwechslung, mal nicht irgendwelche Absteigen und Slums aufbauen zu müssen, was momentan so modern ist. So eine Westernkulisse hat was Nostalgisches. Der Saloon, an dem du letzte Woche gearbeitet hast, stammt von ‚Dingos Creek' und das war die berühmteste und langlebigste Westernserie, die die Welt je gesehen hat. Ich glaube, es ist die längste Serie überhaupt, die je gedreht wurde. Ich meine, eine richtige Serie, nicht diese Soaps, die es heute gibt." Jack hatte sich in seinen Erinnerungen ergangen und beobachtete Markus, ob der sich nicht langweilte mit ihm. Doch der junge Mann hatte sich gemütlich an die Containerwand gelehnt und hörte ihm interessiert zu. Von Dingo Creeks und sonstigen Serien hatte er noch nie etwas gehört. Für ihn war Jack im Moment der Lehrer, der ihn ein wenig in die Außenwelt einführte.

„Ich habe gesehen, dass es gutes altes Holz ist, drüben im Saloon. Das lebt ewig, wenn es nicht zu Kleinholz gemacht wird. Was ist das denn nun für ein Film, den die hier machen?", fragte Markus.

„Eine sechsteilige Fernsehproduktion, kein Kinofilm, mit historischen Hintergründen. Diesen Jim Bond, den der Blonde spielt, kennt hier wohl jedes Kind. Ich jedenfalls nicht, aber wir kommen ja auch aus Florida."

Jack angelte eine weitere Dose Bier aus der Box und beobachtete Markus. „Was machst du eigentlich, wenn wir in der Kneipe sind?"

„Ich gehe manchmal spazieren. Nicht in die Stadt, in die andere Richtung. Oder zu den Ländereien hinter dem Herrenhaus. Dort setze ich mich ins Gras und schaue in die Sterne. Es ist ganz dunkel dort, die Lichter der Stadt strahlen nicht bis dorthin. Dann überlege ich, wie wohl die Sklaven vor 200 Jahren hier gelebt und ihre Unfreiheit erlebt haben. Sie waren irgendwie Verfolgte, so wie meine Ahnen auch."

Jack überlegte eine Weile, was er darauf wohl antworten sollte, dann entschied er sich, den letzten Teil von Markus' Bericht zu ignorieren. „Wir hatten mal einen Auftrag zu einem Film in Pennsylvania County. Es ist wunderschön dort. Ich stamme ursprünglich aus einer Farm in Minnesota. Ich weiß, was du meinst, wenn du vom Sternenhimmel sprichst."

„Und wie bist du dann nach Florida gekommen und zu Nick?"

„Die Farm gehört heute meinem Bruder. Ich musste was machen und entschied, wegzugehen. Minnesota ist kalt, deshalb zog es mich in die Wärme. Ich arbeite für Nick, seit ich in Orlando angekommen war. Immerhin seit fast fünfundzwanzig Jahren." Er grinste und sprach weiter: „Keine Angst, Nick wird dir bald mehr bezahlen. Er will dich nur testen, wie wichtig dir die Arbeit ist."

„Woher weißt du, dass er mir unverschämt wenig bezahlt?", fragte Markus ohne Groll.

„Weil er das immer tut. Wirst sehen, er kommt von selber auf dich zu."

Sie schwiegen eine Weile. Der Mond hatte sich gesenkt, woran Markus erkannte, dass es weit nach Mitternacht sein musste. Er trug nach wie vor keine Uhr, schätzte die Zeit am Stand der Sonne, des Mondes oder – falls weder das eine noch das andere zu sehen war – nach seinem

Gefühl. Er hatte ein Problem damit, so spät schlafen zu gehen, da er immer noch früh erwachte und aufstand, so wie er es sein ganzes bisheriges Leben lang gewohnt war. Bevor seine Mitbewohner nicht in ihren Betten lagen, was sie gewöhnlich geräuschvoll und mit wenig Rücksicht taten, konnte er nicht schlafen.

Den frühen Morgen nutzte er, um in einem 24-Stunden-Supermarkt, der nicht weit von hier lag, kleinere Besorgungen zu machen, oder um seine Wäsche zu waschen. Der Ast, an dem er sie trocknete war inzwischen zu einer Sehenswürdigkeit im Camp geworden, da keiner sonst Wäsche per Hand wusch und sie schon gar nicht an Äste hing. Nur Jack hatte mitbekommen, dass der junge Mann lediglich zwei Garnituren Kleidung besaß und gezwungen war, sie einigermaßen sauber zu halten.

In den nächsten Tagen waren Nacht-Dreharbeiten angesetzt. Die Szenen sollten im Saloon und auf der Straße davor spielen. Der Vollmond war sehr gut dazu geeignet, die Atmosphäre eines heißen Sommerabends einzufangen. Die Folge davon war, dass Nicks Leute reihum Nachtschichten übernehmen mussten, um die Kulissen und Requisiten jeweils wieder an Ort und Stelle zu rücken und auch einmal rasch zu reparieren, wenn eine Schlägereiszene misslang und wieder und wieder wiederholt werden musste.

An diesem Abend waren die drei vom anderen Container im Dienst, so dass Jack, Martin und Markus den Grill anwarfen und saftige Steaks grillten. Markus hatte sich erboten, bei seinen morgendlichen Spaziergängen die Lebensmitteleinkäufe zu übernehmen, die anderen nahmen ihn dafür auf ihren Motorrädern mit in die Stadt oder auch einmal mit in die Kneipe.

Sie wussten nicht, dass sich Markus in der Stadt einer Baptistengemeinde angeschlossen hatte und regelmäßig deren Gottesdienste besuchte. In den Monaten, die er nun in der Welt der Englischen lebte, war ihm mehr und mehr bewusst geworden, dass er das Wort Gottes vermisste. Nur in der Bibel zu lesen, die er stets in seinem Rucksack mitführte, reichte ihm nicht. Er war nicht gewohnt, die Worte selbstständig zu überdenken, die Prediger hatten dies für das Gottesvolk übernommen. Mehr noch, das Auslegen der Bibelverse durch Laien war verpönt und entlockte seinem Vater mehr als einmal den Ausruf: „Wenn das der Bischof erfährt…!", wenn der ungezogene Sohn mal wieder Dinge zu erfahren begehrte, über die die Amisch offiziell nicht nachdachten. Wie viele in der Abgeschiedenheit ihres Denkens auch nach Aufklärung trachteten, konnte Markus nur ahnen.

Nun hatte er jene Gemeinde entdeckt, die die hellhäutige Bevölkerung hier eine „schwarze Gemeinde" nannte. Er war der einzige Weiße in den Gottesdiensten, was er am Anfang befangen zur Kenntnis nahm. Doch die Art, wie der Pastor den Bibelversen Leben einhauchte und wie seine Zuhörer körperlich und geistig in seinem Vortrag aufgingen, faszinierte ihn. Die rhythmischen Lieder taten ein Übriges. Er fühlte sich so wohl, dass er einmal in der Woche an der frühmorgendlichen Versammlung teilnahm, zusammen mit einigen unentwegten Gläubigen, die die frühe Stunde nicht störte, und er versuchte auch, zum Sonntagsgottesdienst zu erscheinen, wenn es seine Arbeitszeit zuließ.

Die Gemeinde hatte ihn nach anfänglicher Skepsis aufgenommen und er fühlte sich diesen Leuten verbunden.

Mehr noch als diese äußere Zugehörigkeit zu dieser Kirche, faszinierte ihn die Auslegung der Bibel, die besagte, dass alle Menschen bereits erlöst wären. Das war neu für ihn.

Auf Erden bereits Erlöste! Dieser Gedanke trieb ihn um und gab der Lebenszeit, die der Mensch auf Erden hatte, einen vollkommen neuen Sinn. Nicht, dass er sofort diese Idee für sich übernommen hätte, er dachte lange und eindringlich darüber nach, aber er entdeckte diese Sichtweise mehr und mehr für sich. Vor allem, seit er sich angewöhnt hatte, täglich in der Bibel zu lesen und seine eigenen Überlegungen dazu anzustellen.

Nun saß er auf der Treppe zu ihrem Container – seinem erklärten Lieblingsplatz hier in der tristen Umgebung – und wurde von Jack aus seinen Gedanken gerissen, indem der ihm den angeschlagenen Teller mit einem nach zwei Seiten überhängenden Monster-Steak hinhielt.

„Da ist Soße und da ist Salat", deutete er auf einen Campingtisch im Schatten ihrer Behausung. Sie hatten einen Tisch und zwei Bänke unter Markus' Wäscheleinenbaum aufgestellt und er bewegte sich nun dorthin, wo Martin bereits sein überdimensionales Stück Fleisch bearbeitete. Jack gesellte sich zu ihnen.

Martin war nur wenig jünger als Jack und viel häufiger in der Bikerkneipe zu finden, als bei den gemütlichen Grillabenden „daheim", wie Jack, der älteste der sechs Arbeiter und damit in einer selbstgewählten Vaterrolle befindlich, es nannte.

Seit Markus zu ihnen gestoßen war, ließ er sogar seine lockeren Bekanntschaften links liegen und verbrachte nur noch sehr selten einmal eine Nacht im Motel. Jacks Zigaretten- und Bierkonsum verringerte sich in dem Maße, in dem Markus Gefallen an dem einen oder anderen Feierabendbier fand.

„Gut, dass du gerade keine Wäsche hängen hast", flachste Martin grinsend und schaute hoch zu dem Ast, der sich über ihre Köpfe erstreckte.

Markus zuckte die Schultern und gab gutmütig zurück: „Keine Angst, abends nie. Und wenn du morgens endlich aus den Federn findest, dann ist meine Wäsche schon seit Stunden trocken."

Sie lachten und scherzten noch eine Weile, dann gingen die Flutlichter aus, die drüben in der Kulisse die Dreharbeiten erhellten. In der nächsten halben Stunde leerte sich der Parkplatz, der direkt an der schmalen Einfahrt lag. Wiederum einige Zeit später marschierten Carl und die O'Rourke-Brüder über die zertretene Wiese zu ihrem Armenviertel herüber.

„Noch was zu essen da?" Carl äugte argwöhnisch auf den Grill.

„Da, auf dem Tisch in der Alu-Folie. Ihr seid reichlich spät dran heute!" Martin deutete auf das restliche Essen auf dem Campingtisch. Sie hatten einen starken Baustellenscheinwerfer so angebracht, dass er ausreichend Licht spendete, aber nicht blendete.

„Da wünsche ich morgen schon mal viel Spaß beim Dreh!" Einer der O'Rourkes füllte sich den Teller und ließ sich auf die Bank fallen.

„Warum?"

„Dieser Typ, der den Blockadebrecher spielen soll, ist ein Ausbund an Talent. Wird gemütlich werden die nächsten Tage. Chuck ist auf hundertachtzig", informierte ihn der zweite Bruder, da der andere bereits die Hälfte seines Steaks verschlungen hatte. Chuck war der Regisseur und hieß mit richtigem Namen Lars Chadensky, was den meisten zu umständlich auszusprechen war.

„Welcher Blockadebrecher?" Markus hatte keine Ahnung von dem, was hier gedreht werden sollte.

„Junior, lass dir doch mal das Exposé von Nick geben. Damit du endlich weißt, was wir hier eigentlich machen." Carl klang leicht ungeduldig.

„Wir drehen gerade einige Szenen aus der Bürgerkriegssequenz. Jim Bonds bester Freund war ein junger Deutscher, der sein Glück im Westen gesucht hatte und mit Beginn des Bürgerkriegs wieder in den Süden zurückkam. Er hatte zusammen mit Jim Bond einen Weg gefunden, die Yankee-Blockade zu umgehen und Waren nach South Dakota zu schiffen. Seine Seeleute spielen eine tragende Rolle in dieser Folge. Und mit ihnen unterhält er sich in Deutsch. Nur, dass sein Deutsch derart grauenvoll klingt, dass ich das sogar höre, obwohl ich keine Ahnung von der Sprache habe. Aber ich weiß, wie sie sich anhört. Der gute Lars ist auf diesem Ohr allerdings taub. Der hört das nicht, er sieht aber sehr wohl, dass Blondie nicht unbedingt zum Schauspieler geboren ist." Das war eine lange Erklärung für den an sich recht wortkargen Carl. Nun nickte er mit dem Kopf, um das Gesagte noch zu untermauern, hob eine Bierdose an den Mund und trank sie mit einem Zug leer. „So, und nun geh ich ins Bett. Es geht auf halb eins zu. Und morgen soll es noch später werden, weil sie ohnehin schon im Verzug sind."

Carls Aufbruch war das Zeichen für alle, sich zurückzuziehen und Markus war ganz froh, endlich ins Bett zu kommen.

Tagsüber befand sich der Tross der Filmleute im Herrenhaus. Nur das notwendigste Material und die unentbehrlichen Leute durften dort hinein. Die Besitzer wohnten während der Dreharbeiten im oberen Stockwerk, waren jedoch tageweise nicht anwesend. Markus hatte einer Bemerkung entnommen, dass sie sich auf einer Jacht vor der Küste Charlestons vergnügten, während die Vermietung ihres Besitzes an die Filmleute gutes Geld einbrachte. Doch das Haus war vollgestopft mit wertvollen Möbeln, die vor Schaden geschützt werden mussten, wollte man keinen exorbitanten Schadenersatz zahlen müssen.

Chuck war allein schon deshalb nervös. Aber auch aufgrund der absoluten Unfähigkeit einer der tragenden Nebenrollen in der Bürgerkriegssequenz, George White. Seine Wirkung war die eines Faultieres im Winterschlaf. Wie immer dieser White diese Rolle bekommen hatte, war Lars Chadensky ein absolutes Rätsel. Er hatte die ganze letzte Nacht damit verbracht, darüber nachzudenken, was er mit diesem White und seiner Rolle anstellen sollte, denn die wenigen Szenen, die er bisher absolviert hatte, waren exorbitant schlecht gewesen.

„Da würde ich auch gerne mal einen Blick hineinwerfen", sagte Markus gerade, der naturgemäß von Chucks Problem nichts ahnte, als er über der Steinmauer hing und zum Haus hinüberschaute. Sonnenschirme und Tische waren auf der schattigen Außenseite aufgebaut und diejenigen, die im Haus gerade nicht gebraucht wurden, erfrischten sich mit kühlen Getränken und kleinen Happen. Markus trug seinen unvermeidlichen Strohhut, seine lange schwarze Hose und das zweite langärmelige weiße Hemd, das seine Mutter noch genäht und das die Zeit bis jetzt noch überlebt hatte. Obwohl viele der amischen Männer ihre Hemden im Laden kauften – dies war eines der wenigen innovativen Dinge, die der Bischof erlaubte – ließ es sich seine Mutter nicht nehmen, die Hemden der Männer in der Familie selber zu nähen. Für das gemäßigte Klima in Pennsylvania waren sie sehr gut geeignet, doch die schwüle Hitze Charlestons war kaum damit auszuhalten. Markus nahm sich vor, in den nächsten freien Stunden ein paar T-Shirts zu kaufen und auch eine jener knielangen Hosen auszuprobieren.

„Die Besitzer sind sehr heikel. Die müssen dort mit viel Vorsicht drehen, damit ja nichts kaputt geht. Da darf nur rein, wer wirklich gebraucht wird." Nick stand neben ihm. Er war die letzten Tage unterwegs gewesen, um über einen anderen Auftrag zu verhandeln, und hatte sich nun davon überzeugt, dass Jack alles im Griff hatte. Im Grunde genommen wusste er, dass er sich auf seine Truppe verlassen konnte. Der neu abgeschlossene Auftrag, zu dem er eine andere Gruppe schickte, stimmte ihn gut gelaunt. „Ich glaube, Junge, wir sollen noch einmal über deine Bezahlung reden. Wer so wenig verdient und trotzdem da bleibt, hat schon bewiesen, dass man sich auf ihn verlassen kann. Also, ich gebe dir zweihundert Dollar im Monat mehr." Er sah Markus an, der seinen Blick überrascht erwiderte.

„Das ist fair, danke Sir."

„Musst du jemanden unterstützen?"

„Nein, Sir. Ich bin nur für mich verantwortlich. Das ist bei uns so. Wenn wir bei uns zu Hause auschecken, dann stehen wir meistens alleine da." Es sollte nicht so bitter klingen, wie es sich letztendlich anhörte.

Nick legte ihm väterlich einen Arm um die Schultern. „Du wirst deinen Weg schon machen, Amisch-Junge."

Kapitel 9

Markus konnte nicht ahnen, dass er das Innere des Hauses tatsächlich bald sehen würde. Chuck schickte in der Mittagshitze des nächsten Tages nach ihm.

Trotz der dicken Steinmauern war es im Haus nicht kühler als draußen. Zu viele Menschen standen herum und die kräftigen Scheinwerfer strahlten Hitze in die Räume.

Nun schmachtete links im großen Wohnraum der umschwärmte Held Jim Bond seine Angebetete, die Tochter des grausamen Plantagenbesitzers, mit leuchtenden Augen an. Die Holde ließ sich nur zögerlich erobern, so dass die Szene verhältnismäßig lange dauerte und den Schauspielern einiges abverlangte. Neben dem von den Fans heftig umschwärmten Bert Rhodes faszinierte Markus die noch sehr junge Darstellerin der Südstaatenschönheit. Von Jack wusste sie, dass sie Linda Gold hieß und wie er achtzehn Jahre alt war. Obwohl er sich inzwischen Bermuda und T-Shirt zugelegt hatte, schwitzte er in der leichten Kleidung immer noch wie ein Hund. Und die beiden, die die Szene inzwischen das dritte Mal absolvieren mussten, trugen schwere Gewänder, die Dame offensichtlich noch dazu geschnürt, und vergossen keine Schweißperle. Markus drückte sich an den Eingang des großen Wohnraumes, der vom Entree aus die ganze linke Seite des Hauses einnahm. Die Stirnseite wurde dominiert von einem ausladenden, offenen Kamin, den schwere Ledermöbel umstanden. Jeweils zwei Fensterfronten, nach Westen und Osten ausgerichtet, wurden beschirmt von dichten Gardinen und Brokatvorhängen, die üppig drapiert seitlich vor den Fenstern hingen. Ein dunkler Eichenschreibtisch nahm beinahe die ganze Breite des Raumes gleich vor der Zugangstüre ein. Insgesamt war das Niveau des gesamten Raumes etwa einen Meter tiefer als das der Eingangshalle und der Räume auf der rechten Seite, wie Markus mit einem raschen Blick bemerkte. Fünf Stufen, die sich innerhalb des Wohnraumes befanden, glichen diesen Unterschied aus. Markus schätzte, dass das prächtige Zimmer, das zusätzlich mit mehreren grünen Pflanzen in großen Bottichen ausgeschmückt war, durch diese Niveauveränderung fast vier Meter hoch war und zur Blütezeit der Baumwollplantagen sicherlich den einen oder anderen vornehmen Tanzball erlebt hatte.

Ein Ruf markierte, dass die Szene noch einmal gedreht werden musste und Chuck wandte sich fluchend um. Markus stand in seinem Blickfeld.

„Ach, dich habe ich jetzt ganz vergessen. Komm mit!" Er führte Markus eilends hinüber in den rechten Raum, der nicht einmal die Hälfte der Größe des anderen hatte. Der ausladende Tisch in der Mitte mit den zwölf dick gepolsterten Stühlen, die ihn umstanden, wies eindeutig auf seine Verwendung als Esszimmer hin. Die Wände waren mit weinroten Stofftapeten ausgekleidet, das Fenster, das zur südwestlichen Seite hin lag, mit ebenso schweren Vorhängen behangen wie die großen Terrassentüren im Wohnzimmer. Alles wirkte unheimlich schwer und war dazu angetan, die Hitze noch mehr zu fühlen, als ohnehin schon.

Markus staunte über so viel Dekadenz, doch er konnte nicht umhin, die wunderbaren Möbel zu bewundern. Die meisten waren aus wertvollen Hölzern und mit fantasievollen Intarsien verziert.

„Hier haben die Idioten die Schublade verletzt. Wenn das der Besitzer sieht, kassiert der eine schöne Summe Schadenersatz. Das Zeug hier ist immens was wert. Du sollst jetzt möglichst schnell einen Schreiner auftreiben, der das reparieren kann."

Markus strich mit einer weichen Geste beinahe ehrfurchtsvoll über die kunstvolle Handarbeit. „Es ist kein Problem, ich kann das."

„Du? Bist du sicher?"

„Ich habe das oft gemacht, und viel schwierigere Arbeiten als dieses einfache Parkettmuster hier. Ich gehe sofort an die Arbeit. Es sollte bis heute Abend erledigt sein."

„Ich hoffe, du übernimmst dich da nicht." Chuck winkte ungeduldig ab und war mit seinen Gedanken schon wieder bei der Szene, die absolut nicht klappen wollte. Er ließ Markus mit seinem Auftrag stehen.

Der Schaden war nicht groß. Die Einlegearbeit in der Schublade war lediglich weggestoßen worden und bedurfte keiner komplizierten Reparatur. Er holte das passende Material und versuchte, so leise wie möglich zu arbeiten. Dabei schweiften seine Gedanken ab.

„Wenn du dich nur einen Millimeter vermisst, dann passen die Intarsienblätter nicht mehr. Und die ganze Arbeit wird schlampig. Schade um das Material", hatte Johannes Bontrager gesagt, als er ihn bei seinen ersten Versuchen über die Schulter blickte.

Markus hatte sich kaum vorstellen können, noch genauer zu arbeiten, als er dies bereits getan hatte, doch schon bald merkte er, dass ein großer Unterschied bestand zwischen einem Millimeter und eineinhalb Millimeter. Er hatte rasch einen Blick dafür entwickelt, welche Holzfarben und –arten zueinander passten und orientierte sich bei seinen Entwürfen an den Mustern der Quilts, die er als Kind bei den Frauen entstehen gesehen hatte.

So ein einfaches Parkettmuster wie das, was diese Schublade zierte, hatten sie selten gemacht. In Markus rührte sich wieder einmal Heimweh. Nach seinen Geschwistern, nach seiner Mutter und sogar nach seinem Vater. Dem einfachen Leben und dem immer gleichen Jahreslauf in ihrer doch so kleinen Welt.

Er setzte sich auf einen der Stühle in Fensternähe, während er wartete, dass der Leim trocknete, mit dem er eine schadhafte Stelle an einem Stuhl ausgebessert hatte, die Chuck gar nicht gesehen hatte, die aber auch frisch abgestoßen worden war. Der Blick hinaus öffnete sich ihm in Richtung eines kleinen Wäldchens, das sich auf einem ebenso kleinen Hügel ausbreitete. Er konnte auf die Entfernung die Baumart nicht bestimmen, wahrscheinlich waren es Magnolien oder andere für ihn exotische Sorten, aber sie erinnerten ihn an einen bestimmten Hain ganz in der Nähe seines Elternhauses.

Warum konnten sich die Amisch nicht ein wenig mehr der Welt öffnen? Manche Gemeinschaften taten es und bewahrten trotzdem ihre Heiligkeit. Und wieso mussten die Leute die Gemeinschaft verlassen, die Fragen stellten? Er schüttelte, tief in Gedanken, den Kopf. Nein, dass er gegangen war, war seine eigene Entscheidung! War es das wirklich? Ihm war der traurige Ausdruck nicht bewusst, der sich über sein Gesicht legte, als er über diesen schmerzlichen Teil seines Lebens nachdachte. Er wäre gerne zu Hause geblieben, nicht getauft womöglich, aber dennoch in seiner – er nannte es zum ersten Mal so – geliebten Heimat.

Würde er sie wiedersehen? Nun, so schnell sicher nicht. Markus überlegte, warum er gerade heute diese trübe Stimmung im Herzen trug und kam zu dem Schluss, dass es ihn mehr und mehr schmerzte, keinen Brief von seiner

Mutter oder einem seiner Geschwister zu erhalten. Er war nicht getauft, konnte also auch nicht gebannt werden, jeder durfte mit ihm reden und ihm auch schreiben. Warum taten sie es also nicht? Die mögliche Antwort tat ihm noch mehr weh, als die Erinnerungen, die sich so häufig in sein Denken einschlichen: Sein Vater verbot es. Vielleicht dachte er, er könnte seinen Sohn damit zwingen, wieder nach Hause zurückzukehren und endlich als vollwertiges, getauftes Mitglied in die Gemeinschaft einzutreten. Es war der einzige Grund, den er sich denken konnte.

Markus seufzte. Er stand auf und warf einen Blick auf die schmalen Zwingen, die er an der frisch geleimten Blende des beschädigten Stuhles angesetzt hatte, um sie zu stabilisieren. Es würde einige Zeit dauern, bis er sie abnehmen konnte.

Das Entree hatte sich geleert. Eine Szene im rückwärtigen Teil des ausladenden Wohnraumes hatte die Schar in das Zimmer hineingezogen. Wohl war die Tür geöffnet, aber von ihm nahm keiner Notiz. Markus nutzte die Gelegenheit, um sich umzusehen. Über eine breite, geschwungene Freitreppe war das Obergeschoss zu erreichen. Doch eine deutliche Absperrung in Form einer dicken Kordel, die quer über die Stufen gespannt war, hielt ihn davon ab, sich die oberen Räume anzuschauen. Vom Esszimmer aus ging eine verschlossene Tür zu einem weiteren Raum. Dieser war auch vom Entree aus zu erreichen und die Tür stand offen. Viel schmäler als das Esszimmer fanden sich darin nur zwei eichene Anrichten, die an den Wänden standen und offensichtlich dazu dienten, das Essen, das aus der Küche kam, für die Herrschaft vorzubereiten. Ein kleinerer Gang neben der großen Freitreppe führte in die Küche. Von seinen Spaziergängen her wusste er, dass das majestätische Haus einen einfachen Anbau im hinteren Bereich, der Nordseite, besaß. Die steinernen Wände dort zeigten sich im Inneren unverputzt. Ein gusseiserner, mächtiger Herd, wie er vor fast zweihundert Jahren sicherlich modern gewesen war, nahm fast die gesamte Außenwand des großen Raumes ein. Einfache Holzmöbel beinhalteten das Kochgeschirr und sonstige Küchenutensilien, besonders große Töpfe und Behälter waren an der Wand aufgehängt. Im angrenzenden Vorratsraum, der kein Fenster, dafür aber offene Nischen in den Wänden zur Belüftung hatte, stapelten sich Körbe, die sicher einmal Gemüse, Obst und sonstige Vorräte aufbewahrt hatten. Markus stellte sich die Sklaven vor, die hier die opulenten Mahlzeiten zubereiten mussten.

Bei einem seiner Spaziergänge hatte er die Sklavenbehausungen besucht, die außerhalb der steinernen Umzäunung gleich hinter der Allee in einer Reihe standen. Sie waren klein und zweckmäßig. Ein einziger Raum nur, dazu ein offener Kamin und zwei Fenster zur jeweils entgegengesetzten Seite. Wieso glaubten Menschen, einen anderen besitzen zu dürfen? Und doch war es so gewesen, seit es die Menschheit gab.
Markus hatte bei seinem Rundgang durch die kleinen Häuschen an die Bibel gedacht, in der häufig von Sklaven die Rede war. Er hatte bei dem plötzlichen Einfall gelächelt, dass die Amisch in ihrem Bestreben nach einem Leben nach der Bibel, eigentlich auch Sklaven halten durften. Warum taten sie das nicht? Weil es zur Zeit ihrer Gründung durch Jakob Amann auch keine Sklaven mehr gab? Aber wenn dies eine Erscheinung der Zeit war, warum nahm man nicht andere Zeiterscheinungen nicht auch mit auf in das tägliche Leben? Wieder waren es boh-

rende Fragen gewesen, auf die er gerne Antworten gehabt hätte. Andererseits hatte er inzwischen die Botschaft verinnerlicht, die er bei der Baptistengemeinde erfahren hatte: die Erlösung der Menschen durch Jesus Christus. Nie wieder würde er in die enge und – wie er fand – einseitige Bibelauslegung seines Volkes zurückkehren, was aber nicht bedeutete, dass er nicht dort leben hätte können.

Ein heftiger, warmer Luftzug umwehte seine Beine. Er stand im Vorratsraum neben einer der Frischluftnischen und trat beiseite, als er den Windhauch spürte. Markus vermutete, dass auch das Wohnen in diesem wunderschönen Herrenhaus bei den sommerlichen Temperaturen nicht unbedingt ein Vergnügen gewesen sein muss. Damals gab es sicherlich auch Sklaven, die mit großen Fächern in den Händen die Luft in den Räumen umwälzen mussten.

Inzwischen gab es natürlich in jedem Raum Strom und Klimaanlagen, wobei es jedoch ein Zugeständnis an die Filmleute war, dass im hinteren Vorratsraum drei große Kühlschränke mit Wasser und Cola standen. Markus wusste, dass auch in der Küche gedreht werden würde, weil Jack dort etwas vorbereitet hatte, im Vorratsraum jedoch nicht, da er für die ganzen Filmleute viel zu klein gewesen wäre.

Die ganze Anlage wirkte sehr gepflegt und Markus hatte die Vermutung, dass dieser Bereich des Hauses und der zugängliche Teil des Gartens außerhalb der Dreharbeiten als touristische Attraktion genutzt wurden.

„Gestorben!" Der Ruf des Regisseurs holte ihn zurück in die Wirklichkeit. Hastig schlich er zurück in das Entree, das nun von Filmleuten wimmelte. Diese Szene war erstaunlich rasch abgedreht gewesen. Die junge Schönheit und der Galan waren für heute entlassen. Für die nächste

Szene wurden die Köchin und die Dame des Hauses herbeigerufen, die eilig über die Veranda hereingelaufen kamen, nachdem im Truck der Maskenbildner noch letzte Hand an ihr Aussehen gelegt worden war.

„Mann, bin ich froh, aus den Klamotten zu kommen. Das Zeug wiegt eine Tonne!" Das elegante Fräulein hatte Mühe, sich mit ihren ausladenden Reifröcken und den tausend Stoffbahnen darüber durch die quirlige Menge zu drücken. Sie blieb irgendwo hängen und fluchte wie ein Bierkutscher. Markus, der sich abwartend in eine Ecke gedrängt hatte, hob den Reifrock über die Stufe, an der er eingehakt hatte.

„Scheiße, ich muss an die Luft!", raunzte sie Markus an und zerrte an ihrem Kostüm.

„Ist ja schon gut, Miss!" Schwitzen war kein Grund für schlechtes Benehmen!

Die hochrote Farbe ihres Gesichtes zeigte ihm, dass ihr Wunsch nach frischer Luft durchaus berechtigt zu sein schien und er sah sich um. Der Haupteingang war belagert und auf längere Sicht unpassierbar. Also nahm er sie am Arm und zog sie nach hinten in die kühlere Küche. Sie wollte protestieren, unterließ es dann aber. Einerseits raubte ihr das Korsett den Atem, andererseits bemerkte sie rasch, dass in dem Vorratsraum, in dem er sie kurzerhand abgestellt hatte, ein angenehmer Luftzug herrschte. Zu Markus Erstaunen verschwand ihr überheblicher Gesichtsausdruck in dem Augenblick, da sie frische Luft atmen konnte. Er hielt ihr eine Flasche Wasser hin, die er eben aus dem Kühlschrank geangelt hatte, und sie trank begierig. Als sie abgesetzt hatte, sah sie sich nach ihm um.

„Tut mir leid. Ich dachte eben, ich kippe um! Ich wollte nicht unhöflich sein."

„Schon gut, Miss."

„Ich bin Linda!" Sie hielt ihm die Hand hin und er schlug ein.

„Markus! Freut mich sehr, Miss." Die Vertraulichkeiten der Englischen lagen ihm nicht, doch Miss Linda grinste: „Hab schon von dir gehört. Du bist der Schreiner."

„Ich habe auch von Ihnen gehört. Sie sind hier der Star, nicht wahr?"

Sie lächelte und Markus fand sie sympathisch.

„Touchè!", sagte sie und fügte hinzu: „Und danke für die Rettung! Könntest du mir wohl das Kleid hinten aufmachen? Da sind endlos viele Haken dran. Ich muss raus aus dem Korsett."

Markus war verlegen, aber er öffnete die vielen Häkchen am Rückenteil des Kleides.

„Und jetzt mach diesen Knoten am Korsett auf und ziehe die Schnüre locker", dirigierte sie ihn weiter und er hatte das Gefühl, dass er rot wurde. Verlegen kam er ihrer Aufforderung nach. Das Korsett sprang auseinander und die braungebrannte Haut ihres entzückenden Rückens kam zum Vorschein.

„O Mann, was für eine Wohltat! Kein Wunder, dass die damals bei jeder sich bietenden Gelegenheit in Ohnmacht gefallen sind." Sie genoss die wiedergefundene Freiheit und schloss für einen Moment die Augen.

„Wo ist dieser Schreiner?" Chucks Stimme ließ die junge Frau zusammenzucken.

Markus entlockte sie jedoch nur ein Schulterzucken und ein breites Grinsen. „Mal sehen, was der Meister jetzt wieder will." Er ging zu Chuck nach vorne und war nicht unfroh darüber, der für ihn pikanten Situation zu entfliehen.

„Scheiße! Du solltest doch die Schublade reparieren!", fuhr der ihn an.

„Ist fertig, Sir!"

„Warum sagst du dann nicht, dass du fertig bist?"

„Das sieht man doch auf einen Blick!" Markus war sich keiner Schuld bewusst und hatte es nicht nötig, sich grundlos anschreien zu lassen. „Da war noch eine Leiste an dem Stuhl locker, ich leime sie gerade fest. Die Zwinge sollte über Nacht dranbleiben. Wenn das alles ist, Sir." Markus holte sein Werkzeug aus dem Esszimmer und war im Begriff, an Chuck vorbei wieder Richtung Küche zu marschieren, da der Ausgang immer noch verstopft war und ein Hinterausgang durch die Küche ins Freie führte. Die junge Schöne war offensichtlich durch eben-diesen Ausgang bereits verschwunden. Chuck hatte sich bereits wieder der nächsten Szene zugewandt, die im Eingangsbereich spielen würde.

Es war später Nachmittag und Markus verspürte Hunger. Seit dem spartanischen Frühstück, das die Männer hier einnahmen, hatte er nichts mehr gegessen.

Das Frühstück wurde zu Hause immer erst Stunden nach dem Aufstehen und den ersten frühmorgendlichen Arbei-ten eingenommen. Dafür gab es reichhaltige und deftige Speisen, Saft und Kaffee oder Tee, Eier, Schinken, Ku-chen, Toast, selbstgebackenes Brot, Maisbrot – alles was das Herz begehrte und der Körper bei der anstrengenden Arbeit auch benötigte. Die labbrige Scheibe Weißbrot mit der süßen Marmelade darauf, die die Männer hier zu frühstücken pflegten, waren nicht dazu angetan, seinen Bauch bis zum Mittag zu füllen.

Er marschierte hinüber zum Cateringwagen. Auch wenn er als einer von Nicks Angestellten sein Essen hier teuer bezahlen musste, nahm er den Service an manchen Tagen gerne in Anspruch. Immerhin waren die Eintopfgerichte, die es hier zuweilen gab, recht gut. Nach all den Grillsteaks bevorzugte er einen Teller Stew, wenn er hier aß. Er setzte sich an einen der um diese nachmittägliche Zeit leeren Tische, die unter großen Sonnenschirmen standen und löffelte das Gulasch, das heute auf der Menükarte stand. Es war drückend heiß, an die fünfunddreißig Grad, wie das Thermometer, das an der Außenwand des Imbisswagens angebracht war, zeigte. Dazu eine ungeheure Luftfeuchtigkeit, die die Luft zum Atmen nahm. Tatsächlich war diese Küche im Herrenhaus der kühlste Ort, den er seit langem entdeckt hatte. Er wischte sich mit einem Taschentuch den Schweiß von der Stirn. Wohl trug er inzwischen eine Bermudashorts und ein weißes T-Shirt, aber auch die für ihn ungewohnte leichte Kleidung hielt ihn nicht davon ab, gehörig zu schwitzen. Das sehr würzige, aber hervorragend gekochte Gulasch tat ein Übriges. Er trank eine eiskalte Cola dazu und ruhte sich ein wenig aus, bevor er in die Westernkulisse zur Nachtschicht hinübergehen würde.

„Hallo, mein Retter!"

Markus hatte sich mit dem Stuhl ein wenig zurückgelehnt und mit den Beinen abgestützt. Die glockenhelle Stimme riss ihn aus seinem Halbschlaf und er kippte mitsamt dem Stuhl zur Seite. Sie lachte schallend.

„Du meine Güte! So schrecklich bin ich nun auch wieder nicht."

Er sammelte sich auf und grinste sie an. „Hat keiner behauptet. Eher umwerfend, wie man sieht!"

„Darf ich mich zu dir setzen?"

„Klar, ist keiner da, der was dagegen hätte." Markus mochte sie und ihre erfrischende Art. Selbstbewusste Frauen hatte er in der Welt inzwischen kennengelernt und er konnte nicht abstreiten, dass es ihm gefiel, wenn eine Frau sich zu behaupten wusste. Nicht zuletzt dies war ein Grund dafür gewesen, was ihn aus seiner Heimat vertrieben hatte. Für einen kleinen Moment streifte Malias Gesicht seine Gedanken. Diesmal ließ er den geistigen Abstecher nach Hause nicht zu.

Diese junge Frau hier würde ihrem Mann ganz sicher nicht kuhäugig folgen. Falls sie überhaupt vorhatte, eine Ehe einzugehen. Markus hatte inzwischen verstanden, dass die Weltlichen durchaus nicht immer einen Vorteil darin sahen, sich zu verheiraten und Kinder zu bekommen, schon gar nicht in beinahe noch jugendlichem Alter.

Linda hatte sich geduscht und umgezogen. Ihre langen, schwarzen Haare hingen ihr nass über die Schultern und sie trug Shorts und ein knappes Top. Was die Kleidung außerhalb seiner Gemeinschaft betraf, so war er inzwischen abgehärtet, auch wenn er nicht abstreiten konnte, dass es schon in ihm haften geblieben war, dass er zum ersten Mal eine Frau ausgezogen hatte, wenn auch nur in Form von ein paar Haken und Schnüren an ihrem Rücken.

Nicht immer verstand er, warum sich Leute im Sommer mehr aus- als anzogen, es störte ihn aber auch nicht übermäßig.

Johannes Bontrager hatte einmal gesagt, er sei wohl ein Spätentwickler, weil ihn die Reize der besonders leichtbekleideten Touristinnen nicht weiter interessierten. Er, Johannes, hatte durchaus einen Blick dafür, vor allem für gut ausgebildete Kehrseiten.

Markus grinste in Erinnerung daran vor sich hin, riss sich aber sofort zusammen, als ihm bewusst wurde, dass Linda ihn beobachtete.

„Gefällt es dir, hier auf dem Filmset zu sein?", begann sie, während sie mit einer Handbewegung eine Cola beim Caterer orderte.

Markus, in Gedanken immer noch bei Johannes Bontragers fleischlichen Verfehlungen, schmunzelte.

„Stimmt was nicht, weil du mich auslachst?" Sie hörte sich eher unsicher als verärgert an.

„Ich war gerade in Gedanken. Entschuldige, hat nichts mit dir zu tun. Also, ja, es ist in der Tat sehr interessant. Mich faszinieren die Leistungen der Schauspieler. Und die Tatsache, wie viele unterschiedliche Dinge koordiniert werden müssen. Und wie viel Geld dafür ausgegeben wird."

„Du bist von deiner Farm wohl noch nicht oft heruntergekommen, was?" Markus fand, dass ihr Ton zu überheblich klang.

„Du hast von dem, was im Leben wirklich wichtig ist, auch keine Ahnung, was?"

„Beantwortest du eine Frage immer mit einer Gegenfrage?" Sie nippte an ihrer Cola und fuhr sich mit der Hand durch die feuchten Haare. Während Markus sie bisher nur mit dem überbordenden Make-up ihrer Rolle gesehen hatte, staunte er, wie schön und natürlich sie ohne Farbenspiel im Gesicht war. Sicher, Aussehen war ihr Kapital, doch er fand, dass sie sicher auch ohne großartige Pflege, Mani- und Pediküre – Worte, die er hier gelernt hatte – großartig aussehen würde.

„Ich beantworte die Fragen, die ich beantworten will. Und blöde Fragen will ich nicht beantworten. Es ist nichts Schlechtes an einer Farm. Und glaube mir, das Leben dort war sicher viel geruhsamer als hier. Und auch komfortabler."

„Warum bist du weggegangen?"

„Ich wollte mal was Neues sehen. Und das hier ist sicher ganz was Neues." Markus beobachtete ihre ausgeprägte Mimik. Sie sprach sprichwörtlich mit Händen und Füßen, arbeitete mit dem intensiven Ausdruck ihres Gesichtes.

„Und du, warum bist du Schauspielerin geworden?"

Sie zuckte mit den Schultern. „Kann ich dir so genau nicht beantworten. Meine Mutter hat mich zu Werbeaufnahmen geschleift, da konnte ich noch nicht gehen. Seither ernähre ich mich gesund und achte auf meine Figur." Sie lachte, aber es war kein fröhliches Lachen. „Und dann kamen erste Rollen in Kindersendungen, später dann in Jugendserien und jetzt meine erste Rolle als Erwachsene, na, sagen wir mal: junge Erwachsene."

„Hört sich nicht so an, als würdest du das gerne machen."

„Doch, eigentlich schon. Mir gefällt nur nicht, wie ich dazu gekommen bin. Als ich ein Kind war, habe ich es gehasst, dass sich bei meiner Mutter alles um meine Karriere drehte. Alles musste dem Erfolg untergeordnet werden. Nur ausgesuchte Freunde, Hauslehrer, wichtige Partys, noch wichtigere Veranstaltungen, nichts einfach nur, weil es Spaß machen könnte."

„Ja, das ist schlimm, wenn die Eltern den Weg vorgeben und dann damit überfordert sind, wenn die Kinder irgendwann einmal ein eigenes Gehirn entwickeln." Wie gut er sie verstand!

Sie sah ihn von unten herauf an. „Hört sich an, als wüsste jemand, wovon ich spreche."

„Hört sich so an, ja."

Sie drang nicht weiter in ihn. „Musst du noch mal ran heute?"

Er nickte. „Ja, im Saloon. Da soll es heute noch eine Schlägerei geben. Ist anzunehmen, dass da ein Schreiner gebraucht wird."

„Schade, sonst hätte ich dir vorgeschlagen, dass wir ein wenig spazieren gehen hätten können."

„Wenn es morgen nicht zu spät ist? Da hab ich frei."

„Gut, dann morgen! Ich warte dort drüben an der ersten Sklavenhütte." Sie trank ihr Glas leer und stand auf. „Bis dann!"

Markus sah ihr nach, wie sie zum Caravanpark hinüberging und zwischen den schweren Wohnwagen verschwand. Er fragte sich, was sie wohl damit beabsichtigte, mit dem Farmburschen spazieren zu gehen. Es wäre nicht das erste Mal, dass er, der unbedarfte Amisch-Junge, von den Weltlichen vorgeführt wurde. In der Hinsicht hatte er bei seinen ersten Gehversuchen in der Welt durchaus Erfahrungen sammeln müssen.

Kapitel 10

Die Beleuchter illuminierten den Saloon nach den Anweisungen vom Tableau der Lichtprobe, die bereits am Nachmittag stattgefunden hatte. Die Kameras wurden zentimetergenau postiert, ebenso das Mobiliar und letztendlich auch die Schauspieler. Einige Komparsen saßen bereits seit fast zwei Stunden an den Tischen, hatten gefärbtes Wasser, das als Whiskey oder Bier herhalten musste, vor sich stehen und langweilten sich zu Tode. Nicht viel besser erging es den Bühnenarbeitern um Nick und Jack. Bei dieser und den nächsten Szenen konnte sehr viel schiefgehen, was bedeutete, dass sie öfter wiederholt werden mussten. Dann hatte das Interieur schnell wieder zur Verfügung zu stehen. Bis es soweit war, wartete die Truppe in einer Ecke der Kulisse.

Die drückende Schwüle der heißen Sommernacht drang in jede Ritze und die Schauspieler mussten ständig neu gepudert und geschminkt werden. Alles ging zäh voran. Chucks Ungeduld wuchs ins Unermessliche. Während die meisten Mitarbeiter des Filmteams von der Tag- zur Abendschicht gewechselt hatten, absolvierte er seit Tagen einen mindestens 16-Stunden-Tag. Markus fragte sich, wie lange er das wohl noch durchhalten würde. Er selber jedenfalls war froh, wenn er in seine Koje schlüpfen konnte, selbst jetzt, da es in ihren Containern ein Klima wie im Backofen hatte.

Alles war an seinem Platz. Die erste Szene sollte nur wenig Zeit beanspruchen, da sie lediglich aus zwei Sätzen bestand, die der blonde Schönling zu sprechen hatte, der die ganze Zeit am Tresen gestanden und abgewartet hatte. In der Szene darauf wurde dann die Antwort des zweiten Mannes aus einer anderen Einstellung heraus gedreht. Die Hupe ertönte, was Chuck als Zeichen erkoren hatte, dass nun alle mucksmäuschenstill zu sein hatten. Markus drückte sich interessiert ein wenig nach vorne, um den Dreh gut beobachten zu können.

Der Blonde, stilecht gewandet in Stoffhosen ohne Reisverschluss, aber mit Knöpfen, Hosenträger und einem Holzfällerhemd, trat an den Tresen, nahm seinen breitkrempigen Hut ab, schlug ihn über dem Knie aus und wandte sich dem zweiten Schauspieler zu, der, einen Drink in der Hand, dem Tresen zugewandt stand.

Markus hatte nicht bemerkt, dass Chuck in seine unmittelbare Nähe getreten war, weil der Standort tatsächlich den besten Überblick bot. Der Blonde hob an, seinen Text zu zitieren.

„Wenn d'glabst dasik de blogad brek und ken proffit tu, denn tauscht du gewaltikt."

Markus grinste hörbar. Chuck sah ihn mit bitterbösem Blick an und Markus zog sich rasch hinter Nick zurück.

Unbeirrt sprach der Blonde weiter: „Du wirst dik nok wündern. Ik warne dik."

„Gestorben!" Chuck schien zufrieden zu sein und blätterte in seinem Skript, während die Kamera die Einstellung veränderte. Keiner hatte ihn bisher auf den talentfreien Schauspieler angesprochen und er hatte fest vor, ihn auszutauschen, was bedeutete, dass irgendwann die Szenen mit seinem Nachfolger noch einmal gedreht werden mussten. Es lohnte nicht, jetzt schon die Pferde scheu zu machen, bevor er einen adäquaten Ersatz gefunden hatte. Und nicht zuletzt musste er vorsichtig sein, um die Geldgeber nicht zu verschrecken. Vielleicht stand dieser White einem von denen nahe. Deshalb drehte er den Blonden immer bereits in der ersten Einstellung ab, um nicht noch mehr Zeit mit ihm zu verlieren. Zu gegebener Zeit würde er sich mit dem Problem befassen.

Markus rempelte Nick mit dem Ellenbogen an: „Welche Sprache soll das sein?", sagte er nicht eben leise.

Noch bevor Nick reagieren konnte, warf Chuck seine Papiere auf den nächstbesten Saloontisch und wandte sich aufgebracht den Bühnenbildnern zu. „Sag mal, Junge, was genau ist dein Problem? Du störst. Und wenn ich noch ein Wort von dir höre, dann fliegst du raus! Kapiert?"

Obwohl gerade sehr viel Lärm im Raum herrschte, fixierte eine Unzahl von Augenpaaren den Unglücksraben.

Markus zuckte zusammen. „Sorry, Sir!", murmelte er und drückte sich an die Wand, um nur ja nicht noch einmal aufzufallen.

Doch Chuck schien es sich noch einmal zu überlegen. Vielleicht war eine offene Diskussion über die nicht vorhandenen schauspielerischen Fähigkeiten seines – in der besten Wortwahl gesprochen – Sorgenkindes, nicht so schlecht. Er wunderte sich sowieso, dass noch nie jemand nachgefragt hatte.

„Wieso fragst du, welche Sprache der spricht?"

„Welche war es denn nun?"

„Deutsch!"

„Nie im Leben!"

„Ach, der Schreiner spricht deutsch!"

„Genau!"

Während des hitzig geführten Dialoges ebbte der Geräuschpegel mehr und mehr ab. Alle verfolgten mehr oder weniger gebannt die Diskussion.

„Und warum soll das nicht Deutsch sein?"

„Weil das nicht Deutsch ist! Das geht nicht einmal als Dialekt durch!"

„Wenn das einer hört, der Deutsch spricht, der lacht uns aus. Ist es das, was du mir gerade mitteilen möchtest?"

„Ich sag nur, dass das nicht Deutsch ist. Und falls es jemand hört, der des Deutschen mächtig ist, dann lacht er darüber. Jawohl! ... Sir!"

„Gut, dann nimm dir die beiden mal auf die Seite und geh mit ihnen die Sätze durch."

„Vielleicht ist der zweite ja besser!" Markus zuckte mit den Schultern. Er hatte keine große Lust, den Lehrer zu spielen, zumal er ahnte, dass der Blonde absolut talentfrei war, was die Sprache betraf. Und außer Markus, der davon keine Ahnung hatte, bemerkten alle anderen, dass dieser sogenannte Schauspieler auch kein Talent zum Schauspielern hatte.

Der zweite Darsteller, dessen Dialog noch nicht gesprochen war, kam näher. „Ich muss dem Jungen Recht geben. George ist grottenschlecht."

„Und warum sagst du nichts? Ihr habt die Szene doch x-Mal geprobt."

„Ich dachte, irgendwann merkt einer mal was und er wird wenigstens synchronisiert. Was geht mich das an?"

Und Markus wünschte sich, dass er sich auch herausgehalten hätte.

Robert, der Szenenpartner, atmete tief durch. „Boss, ich übe mit George. Tut mir leid, dass ich nicht schon längst etwas gesagt habe." Er schob hinüber zu George, der bedrohlich schmollte.

Nick nahm Markus aus der Schusslinie und zog ihn hinter die Klavierattrappe.

„Verdammt, halt bloß dein Maul!", zischte er ihm zu und ließ ihn stehen.

„Los, macht weiter! Die Show ist vorbei!", bestimmte Chuck lautstark und der Lärm schwoll wieder an. Ohne es zu wissen, hatte Markus ihm durchaus einen Gefallen getan.

Da es trotz der späten Stunde immer noch entsetzlich heiß und schwül war, verteilten einige Laufburschen Wasserflaschen und sorgten für Durchzug.

Wie von Nick befohlen, der ihn stirnrunzelnd immer noch beobachtete, hielt sich Markus im Hintergrund. Er stützte sich auf das Sperrholzklavier und äugte hinüber zu Robert und George, die sich am deutschen Text versuchten. Markus merkte wohl, dass Robert mehr als einmal ungeduldig mit den Augen rollte. Nach einigen kostbaren Minuten holte er Chuck heran. Der reagierte erstaunlicherweise nicht ungehalten, sondern sah so aus, als würde er einige tiefe Seufzer abgeben. Dann sah er sich um und fing Markus Blick auf. Er winkte ihn zu sich.

„He, Schreinerbursche, komm mal her!" Nick sah alarmiert von einem zum anderen, blieb aber stumm. Markus beeilte sich, an den Tresen hinüberzugehen.

„Robert meint, George kann sich gar nicht auf sein Spiel konzentrieren, weil er den blöden Text dauernd vergisst. Und ich vergesse jetzt mal, dass der nur damit angegeben hat, Deutsch zu können, bloß weil seine was weiß ich wievielten Ur-Großeltern aus Europa herübergemacht haben. Also. Es ist bloß so eine Idee, aber könntest du die Szene mal durchspielen?"

Markus überlegte. Er sollte George die Szene vorspielen? Was war das für eine schräge Idee? Er hatte keine Ahnung, wie Schauspielerei funktionierte. „Sir, ich hab keine Ahnung von Schauspielerei."

Chuck war es leid, sich über diesen untalentierten Blondschopf zu ärgern. Bereits die wenigen Szenen vorher, die endlos wiederholt werden mussten, weil sich George White weder den Text merken konnte, noch wusste, wohin er sich zu stellen hatte, wurden mehr schlecht als recht abgedreht. Nun war das Ganze eskaliert, was durchaus in seinem Sinne war, und eine schnelle Lösung musste her, wollte er nicht noch mehr Zeit verlieren. Der Drehplan war zeitlich eng bemessen. Und wer weiß, vielleicht hatte dieser Farmbursche da ein wenig Talent.

Chuck setzte ihm Georges Hut auf den Kopf und schob ihn an den Salooneingang. „Du marschierst zu Robert an den Tresen. Sagst die beiden Sätze in einigem Abstand voneinander, weil später Roberts Antwort dazwischen geschnitten wird. Robert nimmt sein Glas und führt es an die Lippen. Dann sagst du den zweiten Satz. Alles klar?" Er wartete keine Antwort ab, sondern hob sofort den Arm. „Alles auf die Plätze! Wir probieren das jetzt mal."

Markus zuckte mit den Schultern. Er hatte kein Problem damit, eine peinliche Figur abzugeben. Zu Hause wurde niemand ausgelacht, wenn ihm ein Missgeschick passiert war. Man machte einfach weiter, ohne sich darum zu kümmern und bemühte sich, es das nächste Mal besser zu machen. Er hatte nie behauptet, ein Schauspieler zu sein, wenn es schiefging, war es Chucks Problem, nicht seines.

Er rückte also den zu großen Hut zurecht, marschierte locker auf den Tresen zu, nahm seinen Hut ab, klopfte ihn an seinem Knie aus – eine Geste, die auch manche Amisch mit ihren Strohhüten anwendeten, um die Feuchtigkeit herauszuklopfen – und wandte sich mit leicht gesenktem Kopf Robert zu, der neben ihm stand und ihn nicht beachtete. Er senkte seine Stimme und zischte ihm zu: „Wenn du glaubst, dass ich die Blockade breche und keinen Profit damit mache, dann täuscht du dich aber gewaltig." Er beobachtete Robert mit kühlem Blick und sprach dann weiter, als der sein Glas zu den Lippen führte. „Du wirst dich noch wundern! Ich warne dich!" Er drehte sich zum Tresen und wartete ab.

Stille.

Lange, unangenehme Stille.

Markus wandte sich in dem Moment um, an dem sich auch sein Szenepartner aus der Erstarrung löste. „Du bist sicher, dass du noch mit der Schauspielerei in Berührung gekommen bist?", fragte Robert und drehte sich dann zu Chuck um.

Der stand da, beobachtet von allen Anwesenden und starrte Markus an. Dann wandte er sich zu George um, der sich mit düsterem Blick hinter ihm eingereiht hatte. Mit seinen nicht vorhandenen Sprachkenntnissen anzugeben, war der größte Fehler seiner bisher nicht vorhandenen Karriere gewesen. Allein sein deutsches Aussehen war keine Garantie für den Job, wie er eben feststellen musste. Warum musste dieser blöde Regisseur auch unbedingt den Text in Deutsch haben?

„George!", sagte Chuck, „Ich werde deinem Agenten nicht melden, was du alles nicht kannst. Aber diese Rolle hier bist du los."

Immer noch herrschte Stille. Jeder war aufs Höchste gespannt, was Chuck nun entscheiden würde. Der sprach nun mit Markus: „Hör zu, Schreiner. Georges Rolle taucht nur im zweiten Teil der Produktion auf. Du hast einige Szenen, die ich gerne mit dir spielen würde. Aber dazu muss ich mit den Produzenten sprechen. Ich schlage vor, wir drehen diese Szene hier ab und regeln morgen das Geschäftliche. Marschier rüber in den Fundus und hol dir die passenden Klamotten. Zur Not sollen sie das Zeug mit Nadeln feststecken. Ich will jetzt weitermachen."

Markus fragte sich, ob er eine Möglichkeit hätte, aus dieser Nummer herauszukommen, aber Nick ließ ihn nicht lange überlegen. Er packte ihn am Arm und zog ihn hinaus ins Freie. „Mensch, Junge, tu, was Chuck sagt. Das ist deine Chance! Ich habe noch nie erlebt, dass jemand kommt und den Alten derart beeindruckt. Du hast Talent! Ich verliere zwar einen Schreiner, aber du kannst große Karriere machen. Los, rüber in den Fundus!"

„Wieso interessiert keinen, wie ich darüber denke?"

„Weil ich weiß, was du denkst. Deshalb sage ich dir, geh jetzt und tu, was Chuck von dir verlangt. Und wenn es dir absolut nicht gefällt, dann hast du es eben einmal gemacht und dann nie wieder. Als Schreiner bekommst du immer wieder eine Anstellung." Nick grinste und schubste ihn noch einmal in die Richtung des Caravanparks.

Markus sah es nicht so locker wie Nick und offensichtlich auch die anderen, die gerade einen neuen Stern am Schauspielerhimmel aufgehen haben sehen. Auch wenn er nicht alles ungefragt hinnahm, was die Tradition seiner Religion vorgab, so hatte er nicht vor, gänzlich damit zu brechen. Amisch ließen keine Bilder von sich anfertigen, sie durften sogar Ausweise ohne Lichtbild beantragen. Nun sollte er vor der Kamera posieren? Was konnte dies für ihn bedeuten? Für seinen Wunsch, irgendwann einmal wieder zurückzukehren? Markus hatte keine Ahnung, wie viele Sätze er wirklich zu sprechen hatte und was die Rolle alles von ihm verlangte. Er wünschte, er hätte die Jungs ernst genommen, als sie ihm rieten, sich ein Exposé von Nick geben zu lassen. Andererseits würde kaum ein Amisch jemals diesen Film zu Gesicht bekommen. Kein Strom, kein Fernseher, kein Zugang zur Welt, kein Kino ... er war nun schon so weit gegangen, da konnte er diese Erfahrung auch noch mitnehmen. Abgesehen davon, war er sich sicher, dass Chuck ihn sofort wieder rausschmeißen würde, wenn er erst erkennen würde, dass er absolut kein Talent zum Schauspielern hatte.

Tief in Gedanken marschierte er zum Kostümfundus hinüber, der in einem der Wohnwägen untergebracht war.

„He, Markus!" Er zuckte zusammen. Linda kam im Laufschritt hinter ihm her. „Du warst irre gut gerade. Du bist ein Naturtalent."

„Das willst du wissen, nachdem ich einen Satz gesagt habe?" Er schob die trüben Gedanken beiseite und lachte sie an.

„Ich bin lange genug in dem Geschäft, um das zu sehen. Es war mir schon länger klar, dass George kein Talent hat. Vielleicht in einer anderen Rolle, aber sicher nicht in der hier. Wie Robert schon sagte: Er war überfordert damit, sich an den Text in einer Sprache zu erinnern, die er nicht kannte, und gleichzeitig zu spielen. Ich denke, dass Chuck ihn früher oder später ohnehin rausgeschmissen hätte. – Los jetzt, Chuck wird sonst ungeduldig!"

Sie begleitete ihn zum Wohnmobil, das als letztes in der Reihe stand und alle Kostüme beinhaltete, die für den Dreh gebraucht wurden. Er hatte nun keine Möglichkeit mehr, einen Rückzieher zu machen und nahm sich vor, Linda zu beeindrucken. Was er nicht wusste war, dass er, der Blockadebrecher, in einer der letzten Szenen, die er zu spielen haben würde, die schöne Tochter des Plantagenbesitzers küssen würde, – um dann von seinem eifersüchtigen Freund erschossen zu werden.

Markus zweifelte mehr als einmal daran, ob er das Richtige tat, aber er erkannte auch, dass ihm die Filmerei ungeheuren Spaß machte.

In den nächsten beiden Wochen hatte er einiges an Text zu lernen, unzählige Male zu proben und die Szenen zu wiederholen. Auch mussten zwei Szenen noch einmal gedreht werden, in denen George bereits gespielt hatte.

Chuck betonte mehrmals, dass Markus ein Naturtalent sei, doch auch ihm flog nicht alles zu.

Vor allem die Schlägerei, die jener ersten Szene im Saloon nachfolgte, bereitete ihm Schwierigkeiten. In den darauffolgenden Tagen hatten die Maskenbildner alle Hände voll zu tun, Markus' blaues Auge, das er sich durch eine unkoordinierte Bewegung eingefangen hatte, zu überschminken. Und genau dieser Aspekt war es, an den sich Markus ganz und gar nicht gewöhnen konnte. Make-up oder *sich anschmieren* wie seine Mutter das verächtlich nannte, war verpönt bei den Amisch. Während die meisten der Touristinnen recht geschmackvoll in den Farbtopf griffen, war das Ergebnis so mancher jungen Dame aus seiner Gemeinschaft in ihren Rumschpringa-Jahren mehr als fraglich, was Experimente mit der Kosmetik betraf.

Aber ein Mann, der geschminkt wurde? Da Markus sich dem nicht verweigern konnte, musste er in den sauren Apfel beißen. Immerhin konnte er sehen, dass das Ergebnis praktisch unauffällig war und lediglich dazu diente, vor der Kamera nicht zu glänzen oder zu käsig zu erscheinen.

„Tut es sehr weh?" Linda spazierte neben ihm am Herrenhaus vorbei in Richtung der Ländereien dahinter – ein Weg, den Markus bevorzugt hatte, seit er hier angekommen war. Er hatte gerade seine Schlägerei hinter sich und das blaue Auge im Gesicht.

„Ach, geht so." So manche Ohrfeige seines Vaters hatte ihn mehr geschmerzt. „Es ist mehr das Problem, dass ich doppelt sehe, weil das Auge zuschwillt. Ich hoffe, das ist morgen besser, sonst kann ich nicht vor die Kamera."

Linda lachte. „Gut gebrüllt Löwe! Du denkst schon wie ein Profi."

„Ich denke eher daran, dass ich meine Arbeit tun muss. Und dass plötzlich mein Aussehen so immens wichtig ist. Das ist ungewohnt. Ich überlege ständig, ob ich dieses oder jenes tun kann, oder ob ich lieber vorsichtig sein soll."

„Du schreinerst immer noch für Nick?"

„Ja, klar. Er hat ja sonst niemanden. Ist ja kein großes Ding."

Sie wichen vom Weg ab und marschierten durch eine gemähte Wiese zu einem Sonnenblumenfeld. Davor stand, neben einem Ginsterbusch, ein verwittertes hölzernes Bänkchen, das so aussah, als würde es noch aus Sklavenzeiten stammen. Die Dämmerung senkte sich über das Land und erste Sterne erschienen am wolkenlosen Himmel.

„Wenn du noch ein paar Minuten wartest, siehst du unglaublich viele Sterne. Das hier ist der einzige Platz, den ich hier entdecken konnte, an dem es dunkel genug ist, um den Himmel betrachten zu können", erzählte Markus und sie setzten sich auf die Bank.

Er hatte nicht zu viel versprochen. Im Verlaufe der nächsten Minuten verdunkelte sich die Welt und mehr und mehr Sterne tauchten am Himmel auf, bis das dichte Band der Milchstraße unübersehbar auftauchte. In dieser ungewöhnlich klaren Nacht, traten die Sternbilder umso strahlender hervor.

„Das ist phantastisch!", murmelte Linda. Sie rieb sich den Nacken, als sie nach oben schaute.

„Tut dir was weh?", fragte Markus, der sie beobachtet hatte.

„Ach, die schweren Kleider drücken auf den Nacken. Ich bin ganz verspannt."

„Dann dreh dich ein wenig und leg den Kopf auf meine Schulter."

Sie kam seiner Aufforderung nach und bald beobachteten sie wie ein verliebtes Pärchen die Sterne.

Kapitel 11

Niemand konnte ihm einreden, aus dem schäbigen Container auszuziehen, um ein Zimmer im Hotel der anderen Schauspieler zu nehmen. Die Vertragsverhandlungen waren gut für ihn gelaufen und prompt hatte sich Roberts Agent Lou Richards für ihn interessiert, nachdem der - neugierig geworden auf das Naturtalent – angereist war und sich einige Szenen mit Markus angeschaut hatte.

Markus hatte Nick um Rat gefragt, nachdem er Lous Angebot erhalten hatte.

„Lou ist gut und in der Szene sehr bekannt. Kennst du Jeffrey Rosenberg?"

„Wer soll das sein?" Sie saßen auf einem niedrigen Teil der Steinmauer und vertilgten zusammen ein Sandwich. Markus war für ein paar Tage wieder als Schreiner unterwegs, da er keine Szenen zu spielen hatte. Erst am Ende der Woche sollte er erschossen werden, wie er inzwischen herausgefunden hatte. Er war gespannt darauf, was er dabei zu tun hatte. Mehr Sorgen machte ihm der Kuss zwischen Linda und ihm, da er sich absolut nicht vorstellen konnte, wie man einen Kuss *spielen sollte,* abgesehen davon, dass er noch nie jemanden geküsst hatte. Er dachte an Lindas zarten Rücken und überlegte, dass dieser Gedanke ihm vielleicht helfen konnte, wenn die Szene gedreht werden würde.

„Ein sehr berühmter junger Schauspieler. Er hat eine steile Karriere hingelegt und ist von Lou mit den besten Rollen versorgt worden. Zurzeit spielt er in einer Science-Fiction-Serie einen Raumschiff-Kapitän."

„Oh!", machte Markus, der nicht genau wusste, was man sich unter einer Science-Fiction-Serie vorzustellen hatte. Dazu fehlte ihm das Wissen über die Raumfahrt und das

Weltall, zumindest das, was über Sternbilder und Milchstraßen im Allgemeinen hinausging.

Nick schmunzelte über Markus kurze Antwort und ahnte, dass er weder Rosenberg noch seine Serie kannte. „Also, er ist sehr berühmt und Lou hat großen Anteil daran. – Weißt du, Amisch-Junge, was ich mich frage?"

Markus zuckte die Schultern, was bedeuten sollte, dass er natürlich nicht wusste, was unter Nicks Glatze vorging.

„Ich frage mich, ob die Schauspielerei das ist, was du wirklich willst. Du bist ein Naturtalent, da haben Chuck und die anderen absolut Recht. Jeder kann das sehen, der dir zusieht. Du hast so etwas Intensives am Leib, dass man einfach nur fasziniert ist. Und glaube mir, in meinem Job sehe ich viele Schauspieler, gute und schlechte, und solche Armleuchter wie den armen George. Aber ich sehe auch, wie du mit Holz umgehst. Was du tust, machst du hundertprozentig. Ich weiß wirklich nicht, welcher der richtige Weg für dich ist. Andererseits wäre es absolut lächerlich, wenn du die Chance nicht ergreifen würdest, die sich dir bietet."

Markus wedelte eine lästige Fliege beiseite. Er senkte den Kopf und schaute angelegentlich auf sein halb verzehrtes Sandwich. Nachdenklich.

Dann suchte er Nicks Blick. „Das ist der Punkt. Ich weiß auch nicht, was ich tun soll. Das Schauspielern gefällt mir wirklich gut. Ich versetze mich gerne in andere Personen und überlege, wie es Menschen in den Situationen geht, die uns das Drehbuch vorgibt. So gesehen würde ich gerne dabeibleiben. Aber ich kenne mich zu wenig aus. Wer sagt mir, dass alle ehrlich mit mir umgehen? Ich habe in den letzten Monaten gemerkt, dass es genug Menschen gibt, die versucht haben, mich übers Ohr zu hauen, weil sie dachten, ich wäre zu dumm, um das zu merken. Wenn es um die Schreinerei geht und jemand versucht, mir ein x für ein u vorzumachen, dann merke ich das. Auf diesem Terrain bin ich sicher. Das ist es, was mir an der Schauspielerei Angst macht."

„Geht es nur darum?"

„Nicht nur. Ich bin Amisch. Immer noch und ich vermute, dass ich im Herzen meine Herkunft nie vergessen werde. Aber die Schauspielerei wird mich daran hindern, wieder nach Hause zurückzugehen. Ich verstoße damit gegen zu viele unserer Regeln."

„Und du hast ein schlechtes Gewissen deshalb?"

Markus dachte nach. Er hatte sich diese Frage selber bereits des Öfteren gestellt und auch den Pastor der Baptistengemeinde um Rat gefragt. Dann sagte er: „Nein, eigentlich nicht. Ich sehe nichts Gotteslästerliches darin, Schauspieler zu sein. Ich soll mir kein Bild von Gott machen, aber warum soll es Gott nicht gefallen, wenn ich mich filmen lasse? Dass die Amisch das immer so gehalten haben, keine Bilder von sich machen zu lassen, ist für mich keine Begründung."

„Also, warum versuchst du es dann nicht? Ich bin mir sicher, dass du kein Problem damit haben wirst, wenn es doch nicht klappt."

„Denkst du, ich kann verheimlichen, dass ich Amisch bin? Ich möchte auf keinen Fall meine Leute da mit hineinziehen."

„Von mir erfährt keiner etwas und von Jack sicher auch nicht. Und die anderen nehmen an, dass du ein Farmerjunge bist. Ein wenig schräg zwar, aber eben nur ein Farmerjunge." Nick grinste.

Auch Markus' Gesicht verzog sich zu einem Grinsen. „Ja, ich glaube, *schräg* drückt absolut das aus, was die von mir denken." Er hatte sein Sandwich zu Ende gegessen und sprang von der Mauer. „Ich werde jetzt Mr. Richards suchen und mir mal anhören, was er mir zu sagen hat."

Mr. Richards hatte eine Menge zu sagen. Zum einen wollte er Markus unbedingt verpflichten. Er war schon so lange im Geschäft, dass er das Potential des jungen Mannes erkannte. Zum anderen verlangte er von ihm, dass er nach dem Ende der Dreharbeiten erst einmal ein paar Kurse an der Schauspielschule absolvierte, um ein wenig mehr Einblick in die Funktionsweise des Filmgeschäfts zu bekommen. Das wiederum gefiel Markus, der sich davon erhoffte, mit ein wenig mehr Wissen sicherer mit dem neuen Weg, den er nun im Begriffe war einzuschlagen, umgehen zu können.

Sie kamen ins Geschäft miteinander. Lediglich eines wollte Markus nicht aus der Hand geben: Die Übersicht über seine Finanzen. Für ihn war es ein Riesenschritt gewesen, als die Produzenten ihm eine gute Summe angeboten hatten, wenn er die Rolle des Blockadebrechers übernahm. Markus hatte keine Ahnung, dass der Betrag sich im Vergleich zu den anderen Schauspielern mehr als lächerlich ausnahm, für ihn bedeutete es, bei seiner Lebensweise ein Jahr lang keine Geldsorgen zu haben.

Er fragte Nick abermals um Rat und der erfahrene Geschäftsmann gab ihm dazu einige gute Ratschläge.

Linda war während der Woche gut beschäftigt, da die letzten Szenen im Haus abgedreht werden mussten. Die Zeit, für die das Haus für die Filmleute gemietet war, lief ab und der Hausherr wollte den Vertrag nicht verlängern. Auf dem Gelände konnte noch länger gearbeitet werden. Chuck und seine Assistenten hatten alle Hände voll damit zu tun, das Material zu sichten und sich Klarheit darüber zu verschaffen, ob nicht doch noch im Haus gedreht werden musste. Ein Versäumnis war nicht wieder gut zu machen. Und so war die gesamte Crew diese letzten Tage sehr angespannt gewesen.

Nun entspannte sich die Lage, da wirklich alles, was mit dem Haus zu tun hatte, erledigt war. Chucks Idee war es ursprünglich gewesen, in einem richtigen Plantagenhaus zu drehen, nicht in sterilen Kulissen im Studio, was sicher einfacher gewesen wäre. Aber er legte Wert darauf, dass die Landschaft außerhalb der Fenster mit ins Bild kam, dass einige Szenen sowohl drinnen, als auch draußen spielten und alles so authentisch wie möglich wirkte. Deshalb wurde auch diese Plantage hier ausgesucht, die zum einen bereits einmal als Kulisse für eine Produktion gedient hatte, man zum anderen gut mit den Besitzern klar kam und die außerdem auch im Innenbereich die nötigen und ausreichend großen Räumlichkeiten bot.

Markus hatte Linda die letzten Tage kaum zu Gesicht bekommen, da die hübsche Tochter des Plantagenbesitzers sich natürlich vornehmlich im Haus aufzuhalten und daher eine Menge Szenen abzudrehen hatte.

Nun kam sie herüber ins Armenviertel, um ihn zu suchen. Er war gerade damit beschäftigt, die trockene Wäsche vom Ast zu holen.

„Was genau machst du da?" Linda war perplex, als sie ihm eine Weile unbemerkt zugesehen hatte.

Er zuckte kurz zusammen, weil er nicht merkte, dass sie herangetreten war, dann sprang er von dem Stuhl, den er als Leiter benutzte.

„Nach was sieht es wohl aus? Wäsche abnehmen. Ich würde die auch gerne bügeln, aber wir haben kein Bügeleisen."

„Ah ja!" Mit Wäsche und Bügeleisen wurde Linda in ihrem bisherigen Leben eher selten konfrontiert. Umso faszinierter war sie von seiner Bodenständigkeit. „Und auf deiner Farm zu Hause hast du auch gewaschen?"

„Nein, da hat meine Mutter gewaschen. Ich nehme an, dass in eurer Villa das lateinamerikanische Dienstmädchen wäscht? Oder habt ihr noch Sklaven?" Seine Stimme klang ein wenig spitz und er wusste selber nicht warum.

„Keine Sklaven, Dienstmädchen schon. Und du hast Recht. Ich überlege eigentlich oft, dass ich keine wirkliche Ahnung vom Leben habe, so wie ich aufgewachsen bin und erzogen wurde", gab sie unumwunden zu. Linda war nicht der Typ, der schnell beleidigt war.

„Und ich überlege mir, dass ich von dieser Glitzerwelt wenig Ahnung habe. Ich bin mir nicht sicher, ob mir das alles gefällt, was ich sehe."

„Wieso wäschst du selber? Wieso ziehst du nicht ins Hotel?"

„Weil ich Nick nicht im Stich lasse. Ich bin Schreiner, kein Schauspieler. Obwohl ich zugeben muss, dass ich es schon mag, mal in die Rolle eines anderen zu schlüpfen."

„Hast du Zeit für einen Spaziergang?" Linda drängte es danach, nicht hier auf dem Präsentierteller herumzustehen, sondern lieber im schattigen Wäldchen spazieren zu gehen.

„Ja, warum nicht." Er legte seinen Wäschestapel rasch in den Container und dirigierte sie links an den Sklavenhütten vorbei, wo um diese Tageszeit Schatten herrschte und man es zumindest aushalten konnte.

„Wie findest du deinen neuen Job?", fragte ihn Linda, nachdem sie eine Weile schweigend nebeneinander hergegangen waren.

„Irgendwie ist alles noch recht seltsam. Wie eine Art Traum, aus dem ich irgendwann aufwache und über mich selber denke: Was für einen Blödsinn hast du da geträumt."

Sie lachte. „Ich bin jetzt 18 Jahre alt und etwa genauso lange im Geschäft. Aber so was wie dich habe ich noch nie erlebt. Da wird einer vom Fleck weg für eine durchaus tragende Nebenrolle engagiert, bloß weil er zufällig da rumsteht. Warte nur, bis die Pressefritzen davon Wind bekommen."

„Denkst du, dass die das interessant genug finden, um darüber zu schreiben?" Markus konnte sich nicht vorstellen, dass die Filmerei so wichtig genommen wurde.

Linda sah ihn von der Seite an. Sie wurde nicht schlau aus diesem überaus gutaussehenden Kerl, der auf seiner Farm anscheinend auf einem anderen Planeten gewohnt hatte.

„Sag mal, hattet ihr Strom, da wo du herkommst?"

„Nein."

Linda hatte einen Scherz machen wollen und blieb aufgrund dieser Antwort abrupt stehen. Er stieß gegen sie und atmete ihr Parfum. Es gefiel ihm.

„Ist doch nicht dein Ernst?"

Markus atmete tief durch, dann dirigierte er sie auf eine der Bänke, die im Schatten der Baumgruppen standen. Es war schwierig, seine Herkunft nicht zu verraten, ohne lügen zu müssen. Markus fand, dass Linda die Wahrheit verdient hatte. Er mochte sie, schon aufgrund der Tatsache, dass sie trotz ihrer schwierigen Kinder- und Jugendjahre so normal geblieben war.

„Doch, es ist mein Ernst. Ich komme aus Pennsylvania County, genauer gesagt, aus der Gegend um Paradise."

Sie sah eigenartig aus, so als ob sie angestrengt überlegen würde, dann setzte sie sich so, dass sie ihm direkt ins Gesicht sehen konnte. „Bird-in-Hand, Intercourse und Paradise...", begann sie, einen bekannten Kalauer zu rezitieren.

Er hielt die Hand hoch, um ihr zu signalisieren, dass sie nicht weitersprechen sollte.

„Viel habe ich nicht mitbekommen, da wo ich herkomme, aber den blöden Spruch kenne ich auch", warnte er sie mit durchaus ernstem Gesichtsausdruck. Er konnte das sexistische Geschwätz aus der amerikanischen Fäkalsprache nicht leiden.

„Schon gut. Du bist einer von den Amisch-Leuten. Jetzt verstehe ich auch, warum du kein Problem mit dem Hut hast." Sie lachten beide.

Das Hut-Problem war ein Running-Gag unter den Filmleuten. Fast jeder Mann in dem Film musste einen Hut tragen, ganz wie es der damaligen Mode entsprach. Kaum einer schaffte es, während der Dreharbeiten nicht mindestens einmal eine Szene zu schmeißen, weil ihm der Hut verrutschte, runterfiel oder einfach nur falsch herum auf dem Kopf saß.

Lediglich auf Markus Kopf schien der Stetson, den er bekommen hatte, festgetackert zu sein. Weder griff er daneben, wenn er ihn abnehmen musste, noch fiel er ihm zu Boden oder saß schief, wenn er ihn aufsetzen sollte. Wie selbstverständlich wirkte sein Griff, wenn er den Hut an seinem Knie ausklopfen sollte, ein Handgriff, der den Blockadebrecher im Film auszeichnete. Markus schaffte es sogar, sich zu prügeln, ohne dass sein Hut dabei eine Bewegung machte, die er nicht machen sollte.

„Ich bin mit Hüten aufgewachsen. Ich habe mir nie überlegt, dass es Leuten Schwierigkeiten machen könnte, einen auf dem Kopf zu haben – und vor allen Dingen, auch dort zu behalten." Sie lachten wieder.

Dann wurde Linda ernst. „Hör zu. Lou ist ein prima Agent. Er kann dich weit bringen. Du kannst ihm schon vertrauen. Aber du musst vorsichtig mit der Presse sein. Erzähl denen nicht alles. Lächle und tu so, als würdest du über den Dingen stehen. Sag Sachen wie: *Es war eine gute Erfahrung,* oder *wir hatten sehr viel Spaß bei der Sache,* oder *alles verlief reibungslos.* Sei höflich und mache nur wenig Worte. Alles, was du sagst, können die dir im Munde herumdrehen. Und verabschiede dich davon, dass du immer die Wahrheit sagen möchtest. Sei verbindlich, aber zurückhaltend. Und am besten erzählst du denen nichts von deiner Herkunft. Sag, du bist aus Philadelphia."

Er nickte und war fasziniert darüber, dass sie sofort verstanden hatte, was sein Dilemma war.

Dann sah er ihr ganz offen ins Gesicht. „Du bist wirklich schön, weißt du das?"

„Ich glaube, so ein ehrliches Kompliment habe ich noch nie bekommen", sagte sie nach einer Weile, weil sie wirklich gerührt war. Ein intensives Gefühl bemächtigte sich ihrer. Ob es Liebe war, konnte sie nicht sagen, auf jeden Fall hatte sie das dringende Bedürfnis, ihn zu berühren, sich an ihn zu schmiegen und ihn zu küssen. Sie fuhr ihm mit der Hand durch die Haare, dann rückte sie näher an ihn heran und küsste ihn. Vorsichtig zunächst, dann, als er den Kuss erwiderte, leidenschaftlicher.

Obgleich von Linda der Impuls ausging, übernahm Markus nun die Führung. Er umarmte sie und genoss den Zauber des Momentes. Des sehr langen Momentes. Die Zeit schien stehen zu bleiben und keiner von beiden konnte sagen, wie lange sie so engumschlungen dagesessen haben, nachdem sie sich voneinander lösten.

„Oh, Mann, Amisch-Junge, du bist ein guter Küsser!", Linda hatte nicht vor, einen Spaß zu machen und Markus erkannte, dass sie es durchaus ernst meinte.

Auch er meinte es ernst, als er antwortete: „Ja, scheint tatsächlich so zu sein!"

Eigenartigerweise wussten beide sofort, dass dieser eine Kuss dem Moment geschuldet war, einer sehr tiefen Zuneigung, nicht etwa einer aufkeimenden Liebe. Sie mochten sich, natürlich, aber unter Liebe stellten sich beide etwas ganz Anderes vor. Dennoch stimmte sie der Vorfall fröhlich – und er würde für beide unvergesslich bleiben.

Die letzte Szene, die der Blockadebrecher im Film hatte, gelang dann auch außerordentlich gut. Alle hielten den Atem an, als die heißblütige Plantagenbesitzertochter vom aufdringlichen Blondschopf ausdauernd geküsst und der dann stehenden Fußes von seinem Nebenbuhler erschossen wurde.

Der Schmerz der Schönen und der Fall des Sterbenden gelangen so gut, dass es die einzige Szene war, die bereits bei der ersten Einstellung *gestorben* war, wie die Filmleute sich ausdrückten.

Für Markus war eine Tür aufgestoßen worden, nicht nur zur Filmerei, sondern auch zu einer Welt, die er bei sich zu Hause nicht gefunden hatte: Er würde sich verlieben können und dabei frei entscheiden dürfen.

Kapitel 12
Fünf Jahre später

Jeden einzelnen Morgen, den Markus erwachte, überlegte er, wann er wohl aus diesem Traum aufwachen würde. Die letzten fünf Jahre waren für ihn so etwas wie ein Film gewesen, eine Fiktion, die im wirklichen Leben einfach nicht passieren konnte. Und doch war sie passiert.

Bis hierhin hatte alles geklappt. Er hatte Schauspielunterricht genommen, wie Lou von ihm verlangt hatte. Er hatte darüber hinaus versucht, so viele Informationen über die Filmwirtschaft insgesamt zu bekommen, über das Schreiben von Drehbüchern, über die Geschichte der Kinematographie, über Berühmtheiten, über Misserfolge. Mit jedem bisschen Wissen, das er verinnerlichte, fühlte er sich sicherer auf diesem glatten Parkett, bei dem man aushalten musste, im Mittelpunkt zu stehen. Der schwierigste Lernprozess war allerdings, Dinge über sich in Zeitschriften lesen oder im Fernsehen hören zu müssen, die unwahr waren oder – was zuweilen auch vorkam - sehr nah an der Wahrheit lagen. Interviews und Auftritte in diversen Shows gehörten für Markus nun zum täglichen Brot und es war eine Gratwanderung, nichts von dem preiszugeben, was er für sich behalten wollte und nicht zu viel lügen zu müssen.

Die Karriere jedenfalls hätte sich erfolgreicher nicht gestalten können. Hatte er bereits überschwängliche Kritiken eingefahren für seine erste Rolle in der Bürgerkriegsproduktion, ließen sich die Kritiker noch positiver aus über seinen Part in der Science-Fiction Serie, in der Jeffrey Rosenberg die Hauptrolle spielte.

Dabei freundete er sich auch mit dem wenig älteren Rosenberg an. Der stammte, wie Markus auch, vom Lande und liebte ausdauernde Spaziergänge und gutes Essen ebenso wie er selbst. Sie konnten sich stundenlang unterhalten über die Aufzucht und Pflege von Obstbäumen oder Pferden gleichermaßen. Dabei schätzte Rosenberg das immense Wissen von Markus insbesondere über Pferde.

Markus lebte nun in der *englischen* Welt, als hätte er nie etwas anderes getan. Er war inzwischen von Orlando, wo er zwei Jahre lang gewohnt hatte, nach Jacksonville im Norden Floridas übergesiedelt, nicht zuletzt deshalb, weil Rosenberg ihn dazu überredet hatte. Der hatte seit langem ein riesiges Haus in Ponte Vedra, einem sehr noblen Vorort der großen Stadt. Das Haus lag direkt am Meer, hinter einem wunderbaren Sandstrand. Markus selbst wohnte in einer kleinen Mietwohnung in der Innenstadt. Als er damals hergezogen war, hatte er versucht, eine Wohnung in der Nähe des Ozeans zu bekommen, was ihm aber nicht gelang, zumindest nicht zu erträglichen Konditionen. Nicht, dass er wirklich auf seine Finanzen achten musste, es widerstrebte ihm einfach, sinnlos Geld zu verprassen. Dann hatte er sich für die Gegend direkt am St. Johns River entschieden, wo seine achtzig-Quadratmeter-Wohnung im 10. Stock trotzdem noch eine durchaus stattliche Miete verschlang. Doch der Ausblick auf einen Teil der ansprechenden Skyline, die nachts raffiniert illuminiert war, gefiel ihm.
Die Freundschaft mit Rosenberg und die Gespräche über Obstbäume und Pferde ließ ihn noch öfter als sonst an seine Heimat denken. Tatsächlich hatte er in den letzten paar Jahren so viel zu tun gehabt, dass er das Heimweh erfolgreich verdrängen konnte. Nun wurde es übermäch-

tig. Markus vermochte nicht zu sagen, was eigentlich der Grund dafür war, aber er sehnte sich nach zu Hause.

Linda, die er seit den damaligen Dreharbeiten nicht mehr gesehen hatte, Nick und Jack waren die Einzigen, die von seiner wirklichen Herkunft wussten. Keiner der drei würde etwas verraten, das hatten sie ihm versprochen. Mit Nick telefonierte er hin und wieder und mit Jack hatte er sich des Öfteren getroffen, als der vor ein paar Monaten einen Arbeitseinsatz in der Nähe von Jacksonville hatte.

In diesem Sommer hatte er den Entschluss gefasst, nach Hause zu reisen. Jacksonville lag von Pennsylvania County fast 900 Meilen entfernt. Trotzdem entschied er sich, mit dem Auto zu fahren. Er wählte die Route über Savannah, Charleston, Richmond, Washington und Baltimore. In Höhe von Charleston fuhr er kurzentschlossen von der Interstate 95 ab und suchte den Weg zur Plantage, auf der vor so vielen Jahren seine Karriere begonnen hatte. Er kannte sie nur belagert von Filmausstattung und war überrascht, welch friedlichen Eindruck sie nun machte. Wie er damals angenommen hatte, war ein Teil des Anwesens für die Touristen freigegeben und selbst an diesem fürchterlich heißen Sommertag war auf dem ausladenden Parkplatz kaum mehr eine Lücke frei.

Er überlegte, ob er aussteigen und einen Spaziergang machen sollte und entschied sich schließlich dagegen. Wohl hatte er an der Einfahrt bereits das Ticket bezahlen müssen, aber er mochte heute nicht von Leuten erkannt werden, die ein Autogramm oder sich mit ihm fotografieren lassen wollten. Seit kurzem war dies der Fall und Markus fühlte, dass dieser Teil des Ruhmes ihm nicht unbedingt gefiel. Dennoch parkte er sich so, dass er einen relativ nahen Seitenblick auf die Veranda des Herrenhauses werfen konnte. Die beiden weißen Stühle, von denen er einst den einen als sein erstes Werkstück hier repariert hatte, standen immer noch da. Er grinste. Das Leben ging manchmal seltsame Wege.

Seit er von zu Hause weggegangen war, hatte er keinen Kontakt mehr mit seiner Familie gehabt. Vor etwa zwei Jahren hatte er den Mut gefasst, Johannes Bontrager in seiner Werkstatt anzurufen. Der war sehr kurzangebunden, aber immerhin hatte er von ihm die Auskunft bekommen, dass alle in seiner Familie wohlauf waren. Nun näherte er sich Paradise und wurde zusehends nervöser. Hier war er nicht der berühmte Schauspieler, hier war er – entsprechend der amischen Ausdrucksweise aufgrund der häufigen Namensgleichheiten im Bezirk - Rubens Markus, oder auch, etwas abfälliger, der *Troyer-Bu*. Seine Brüder würden diesen Beinamen nie erhalten. Sie waren Rubens Ruben, Rubens Zeb, Rubens Abe. Der *Troyer-Bu*, das war das Kainsmal für jenen von Rubens Söhnen, der einen anderen Weg gewählt hatte – um es freundlich auszudrücken.
Er atmete tief durch. Dann entschied er sich, es nicht länger hinauszuzögern und in der Gegend herumzutrödeln, sondern hinüber zum Anwesen seiner Eltern zu fahren.
An der Auffahrt hielt er an und schaute hinunter auf den Hof. Es hatte sich kaum etwas verändert. Die Scheune benötigte einen neuen Anstrich und der Zaun rund um den Gemüsegarten hatte auch schon bessere Tage gesehen. Aber alles war gut in Schuss und in seinen Augen wunderschön anzusehen.
Das Land war weit und bot von seinem Standort aus einen offenen Blick über viele Meilen hinweg. Die Straßen

fügten sich schmal und unscheinbar in das Landschafts-
bild, die schmucken Farmen dominierten mit ihren großen Scheunen und den hohen Silobehältern die Szenerie.
Eine Eisenbahnlinie zog sich durch das Grün der Wiesen.
Der Wind spielte mit den sattgelben Halmen der Getrei-
defelder, die sich wellenförmig im Lufthauch bewegten.
Ringsherum am Horizont tat sich dunkler Wald auf, der
im Licht- und Schattenspiel der strahlenden Sonne un-
durchdringlich wirkte.
Ja, es war wirklich ein betörend schöner Ort und Markus
würde immer Heimweh danach haben, egal, wo ihn sein
Lebensweg hinführen würde.
Auf der Wiese, weit hinter dem Haus, sah er seinen Vater
an einem Weidezaun arbeiten. Jemand war bei ihm. Vielleicht war es der Sohn seines ältesten Bruders, der inzwischen zwölf Jahre alt sein musste, vielleicht aber ein
Nachbarjunge, der dann und wann aushalf. Im Garten
war jemand damit beschäftigt, Tomaten zu ernten. Er
kniff die Augen zusammen und erkannte, dass es eigentlich nur Lucy sein konnte, die inzwischen zu einer jungen
Frau herangewachsen war. Mit fünfzehn Jahren kam sie
langsam in die *Rumschpringa*-Jahre und würde sicher bald
allen jungen Männern beim Singen die Augen verdrehen.
Plötzlich fühlte er einen unüberwindlichen Drang, Lucy
an sich zu drücken, so dass er rasch ins Auto stieg und
hinunterfuhr.
Überrascht schaute Lucy, wessen Auto sich da in ihre
Auffahrt verirrt hatte. Als sie Markus erkannte, stellte sie
rasch den Korb auf den Boden und eilte aus dem um-
zäunten Gemüsegarten auf ihn zu. Sie war barfuß, was in
ihrem Bezirk in den heißen Sommermonaten rund um
das eigene Haus geduldet wurde.

„Oh Markus! Bist du das wirklich?" Sie umarmten sich innig, eine Geste, die Amisch normalerweise niemals taten, vor allem nicht in der Öffentlichkeit.

Lucy sah wirklich hübsch aus in ihrem dunkelgrünen Arbeitskleid und der weißen Schürze. Ihr Gesicht war braungebrannt und die großen, dunklen Augen leuchteten ihn an. Bei der Umarmung war ihre *Kapp* verrutscht und sie beeilte sich, sie wieder an Ort und Stelle festzustecken. Sie reichte ihm gerade bis zur Schulter, vermutlich ein Erbe der Familie seiner Mutter, die allesamt kleine Menschen waren.

„Du siehst aus wie ein *Englischer*!", bemerkte sie dann, ohne jedoch ihr Strahlen zu verlieren.

„Ich denke, ich bin jetzt ein *Englischer*", gab er zurück und konnte sich kaum sattsehen an seiner kleinen Schwester, die so strahlend schön vor ihm stand. „Was nicht bedeutet, dass ich meine Familie vergessen hätte." Markus wusste nicht, ob er noch einmal Gelegenheit zu einem offenen Gespräch haben würde, also fragte er Lucy nach dem Grund, warum er keine Briefe von ihnen erhielt.

Ihre heitere Miene wich einem Ausdruck von tiefem Bedauern. „Vater will es nicht. Er sagt, du wärst die Enttäuschung seines Lebens. Er sagte auch, dass er dich nicht im Haus haben möchte, falls du wieder heimkämst."

Markus runzelte die Stirn. „Nun, ich komme nur zu Besuch. Vielleicht ist das ja etwas anderes. Lass uns ins Haus gehen. Ich möchte Mutter begrüßen."

Sie betraten das Haus durch die Vordertür, was kaum jemand tat. Seine Mutter war nicht in der Wohnstube, doch er hörte Geklapper aus dem Keller. Lucy sprang rasch durch den Raum zum hinteren Eingang, von wo aus die Kellertreppe hinab führte. „Mutter, wir haben Besuch."

„Um diese Zeit?", kam ein Ruf zurück.

„Ja, um diese Zeit. Komm doch bitte herauf. Du wirst dich wundern."

Ruth Troyer wunderte sich, darüber, dass um die Mittagszeit Besuch kam, doch noch überschwänglicher war ihre Freude, den verlorenen Sohn wieder in die Arme schließen zu können. Markus genoss die Umarmung seiner Mutter und mochte sie gar nicht loslassen. „Ich habe euch so vermisst!", sagte er schließlich und musste dagegen ankämpfen, Tränen zu vergießen.

Noch bevor seine Mutter etwas antworten konnte, wurde die Hintertür mit festem Griff geöffnet. Ruben Troyer hatte ein Auto im Hof parken sehen und fragte sich, genauso wie Lucy zuvor, wer sich hierher verirrt hatte. Und doch – irgendetwas in ihm hatte die ganzen vergangenen Jahre darauf gewartet, dass sein verlorener Sohn zurückkäme. Mit jedem Jahr, das verging, war die Chance kleiner und kleiner geworden, dass er ihn noch als Sohn zurücknehmen würde. Nun stand da ein *Englischer,* in eitler, weltlicher Kleidung, mit modischem Haarschnitt und teuren Schuhen. War dieser Mann noch sein Sohn?

„Mein *berühmter* Sohn ist also wieder da. Nach fast sechs Jahren. Es wäre besser gewesen, du wärest weggeblieben", sagte Ruben Troyer eisig.

„Du warst es, der mich des Hauses verwiesen hat, aus einem läppischen Grund." Markus war erwachsen geworden. Er hatte es nicht nötig, von seinem Vater so gemaßregelt zu werden.

„Der Grund war ganz und gar nicht *läppisch.* Und du stehst in meinem Haus. Da erwarte ich Respekt von dir."

Und ich von dir! wollte Markus sagen, doch er hielt sich zurück. „Ich bin gekommen, um meine Familie zu besuchen. Erinnere dich bitte daran, dass ich nicht gebannt bin und jeder mit mir reden darf, der mit mir reden will."

„Ja, das ist wahr, *Sohn!*", er sprach das Wort wie ein Schimpfwort aus, „Du sagst ganz richtig: Der, der mit dir reden will. Ich will es nicht. Ich gehe und werde meine Arbeit tun. Bleib, so lange du möchtest."

„Aber Vater..." Markus hatte das dringende Bedürfnis, sich zu versöhnen. Im Grunde genommen war dies die Absicht hinter dieser Reise. Doch er sah ein, dass es heute zu keiner Versöhnung kommen würde. So wie er die Lage einschätzte, würde es nie dazu kommen.

Seine Mutter war die ganze Zeit regungs- und sprachlos dabeigestanden. *Es hatte sich nichts geändert,* dachte Markus bitter, als er die stumme Willfährigkeit der beiden Frauen bemerkte. Als Ruben die Tür geräuschvoll hinter sich geschlossen hatte, zog Lucy ihn an den Tisch. Es schien, als ob der Ausbruch des Vaters keine der beiden überrascht hätte.

„Er ist wohl immer so?", erriet Markus.

„Er war immer so und wird sich nicht ändern", antwortete seine Mutter, die trotz allem ein seliges Lächeln auf dem Gesicht trug. „Auch wenn er dem Haus fernbleibt, wenn du da bist: Komm uns bitte öfter besuchen."

„Warum habt ihr nicht geschrieben?"

„Ich möchte nichts hinter dem Rücken deines Vaters tun, das weißt du. Und du weißt auch, wie wir die Dinge hier handhaben. Was er sagt, das gilt."

Er setzte sich auf einen der Stühle, die am riesigen Familientisch standen. „Ja, ich weiß. Aber ihr dürft mir erzählen, was zu Hause alles passiert ist, während ich weg war."

Ruth schmunzelte. „Ich koche uns jetzt einen schönen Kaffee und Lucy wird dir erzählen, was es Neues gibt."

Markus sah seiner Schwester an, dass sie dringende Neuigkeiten loswerden musste und blickte interessiert zu ihr hinüber.

„Also?", forderte er sie auf.

„Ich werde heiraten, sobald ich sechzehn geworden bin."

Markus bemühte sich, seine Enttäuschung zu verbergen. Warum wollte sie ihr Leben so rasch in die Hände eines despotischen Mannes legen? Und sich noch vor der Hochzeit taufen lassen, was praktisch ein ungeschriebenes Gesetz in ihrem Bezirk war? Damit band sie sich fürs Leben. Er fand, dass sie die Tragweite dieser Entscheidung noch gar nicht abschätzen konnte. Doch er schwieg. Das war seine Ansicht, nicht ihre.

„Und wir werden alle nach Ohio gehen."

Das war nun eine umwerfende Neuigkeit. „Wieso nach Ohio?"

„Mama hat doch Verwandte dort. Leider haben Onkel und Tante keine eigenen Kinder, aber einen riesigen Hof, mit vielen Rindern, Obstbäumen und eine Gemüseplantage. Bisher haben sie die Arbeit mit bezahlten Helfern erledigt, aber nun haben sie angefragt, ob nicht einer von uns das Ganze übernehmen würde. Mary und Hanna wollten nicht, also bin ich gegangen. Ich war seit dem letzten Sommer, den Winter und das Frühjahr über dort und es ist einfach traumhaft! So weites Land, wie du es dir gar nicht vorstellen kannst!"

Markus dachte bei sich, dass er sich das sehr wohl vorstellen könne, aber er genoss trotz aller Vorbehalte ihre Begeisterung.

„Und dann habe ich Mike kennengelernt. Er ist einer der Arbeiter auf der Farm. Er ist einfach süß!" Als Lucy seinen zweifelnden Blick aufschnappte, beeilte sie sich hinzuzufügen: „Oh, Tante Ann hat aufgepasst wie eine Glucke, das kannst du mir glauben. Wir waren praktisch nie allein."

„Solltest du mit fünfzehn mit einem Mann auch nicht sein", konnte er nicht umhin, trocken zu bemerken. Er ertappte sich selber dabei, dass er wie ein guter amischer Bruder dachte, der seine kleine Schwester zum ersten Mal zum Singen fährt. Seine Mutter schien ähnliches gedacht zu haben, da sie ihn lächelnd beobachtete.

„Also, Mike ist achtzehn. Und ich werde im September sechzehn. Im November kommt er her und wir heiraten hier bei uns. Dann wird er uns helfen, die Übersiedelung vorzubereiten." Lucy hatte ohne Punkt und Komma gesprochen und hielt nun atemlos inne. Ihr Gesicht strahlte vor Begeisterung.

„Mike ist also in Ordnung?"

„Oh, ja!" Sie hatte ihren Kopf in die Hände gestützt und sah extrem verliebt aus.

„Und du denkst nicht, dass du zu jung zum Heiraten bist?"

„Nein."

„Gut." Markus war nicht der Meinung, dass es wirklich *gut* wäre, aber es war ihre Entscheidung.

Ruth kam mit einem Tablett voller gefüllter Kaffeetassen näher und stellte es auf den Tisch. Dann ging sie noch einmal zurück, um aus dem gasbetriebenen Kühlschrank einen frischen Kuchen zu bringen. Heidelbeerkäsekuchen! Markus lief das Wasser im Munde zusammen. Sie packte ihm ein riesiges Stück, fast ein Viertel des gesamten Kuchens, auf den Teller. Er widersprach nicht, weil er es nicht erwarten konnte, ihn aufzuessen.

Ruth setzte sich zu ihnen, gab Zucker und Milch in ihren Kaffee, rührte um und trank einen Schluck.

„Wir haben uns entschlossen, mit Lucy zusammen nach Ohio zu gehen. Unsere anderen Kinder leben im Bezirk von Bischof Zook bei Intercourse. Sie können sich besuchen und einander unterstützen. Aber wer soll Lucy und ihre Familie unterstützen? Es gibt sonst keine Verwandten dort. Ida ist mit Bischof Zooks Sohn Jake verheiratet. Das weißt du noch nicht. Und Hanna und Mary haben noch keine Ambitionen. Ich hoffe, sie haben sich an dir kein Beispiel genommen." Sie seufzte so tief, dass Markus schmunzeln musste.

„Sie werden in Ohio bestimmt jemanden finden. Hanna und Mary kommen doch mit?"

„Ja, natürlich. Ich denke, wir können jede Hand brauchen, die wir kriegen können. Und Ann und Matt, ihr Mann, sind ja beide noch keine sechzig Jahre alt. Sie werden uns alles zeigen, was wir wissen müssen. Das heißt, sie werden Mike und Lucy zeigen, was sie wissen müssen. Ruben und ich werden beizeiten im Großvaterhaus verschwinden." Sie lächelte ihn an. „Es gibt dort zwei *Großdaddyhäuser* – eines, das an das Haupthaus angebaut ist und das wir bekommen sollen, und eines, das einzeln ein wenig abseits steht. Dorthin ziehen sich Matt und Ann zurück."

Markus wusste, dass auch seine Eltern stramm auf die Sechzig zugingen und hoffte, dass sie wirklich die ersehnte Ruhe im Großvaterhaus finden würden. Er hoffte auch, dass sein Vater seine Mutter dann besser behandeln würde.

„Habt ihr das Haus schon verkauft?"

„Nein. Wir denken noch über das eine oder andere nach."

Markus kannte seine Mutter gut genug, um zu wissen, dass dies eine mehr als ausweichende Antwort war. Andererseits machte er sich keine großen Gedanken darüber, da er davon ausging, sie auch in Ohio besuchen zu können.

Da sich sein Vater weigerte, ins Haus zu kommen, wenn Markus sich darin aufhielt, blieb ihm nichts anderes übrig, als gegen Abend wieder zu fahren. Er übernachtete in einer Pension in Paradise und besuchte seine Familie einige Tage hintereinander jeweils ein paar Stunden.
Seinem Vater Hilfe anzubieten unterließ er, Ruben hätte sie niemals angenommen. Dafür ging er seiner Mutter zur Hand, die bereits einige Dinge für den Umzug vorbereiten wollte, auch wenn der erst in drei Monaten stattfinden sollte.
Nun, da der Anfang gemacht war, nahm sich Markus fest vor, öfter einmal nach Ohio zu kommen, um seine Familie zu sehen. Er hatte auch seine verheirateten Brüder und Schwestern besucht, die in einem Nachbarbezirk lebten, und war ihnen willkommen gewesen. Doch auch bei ihnen drängte sich ihm der Eindruck auf, dass er lediglich als Besucher kam, nicht als Familienmitglied. Der Empfang war so, als würde ein Fremder ins Haus eingeladen und mit jeglicher Höflichkeit bedacht, aber die Herzlichkeit, mit der sich die Amisch untereinander begegneten, spürte er nicht. Das schmerzte ihn, auch wenn er wusste, dass er ein anderes Willkommen nicht erwarten konnte, ja, nicht erwarten durfte.
Markus wunderte sich, wie freudig die Familie die Übersiedelung vorbereitete und wie leicht ihnen der Abschied von all den Freunden und Verwandten fiel. Er sprach seine Mutter bei einem seiner nächsten Besuche darauf an. „Macht es dir gar nichts aus, nach Ohio überzusiedeln? Ich kann das gar nicht glauben."

Ruth und er saßen auf der Veranda neben dem Vorder-
eingang und tranken eine kühle, hausgemachte Limonade. Die Grillen zirpten infernalisch an diesem heißen Tag
und Markus stellte fest, dass derartige Geräusche seinen
Stadtohren inzwischen fremd geworden waren.

„Ich denke, dass Ruben ruhiger werden wird, wenn die
ganze Arbeitslast nicht mehr auf seinen Schultern ruht.
Und ich glaube auch, dass es ihm nicht schaden wird, der
Lernende zu sein, nicht mehr der Big Boss."

Markus sah sie, verblüfft über ihre Ausdrucksweise, an.
Noch bevor er etwas sagen konnte, hatte sie seinen Blick
eingefangen und grinste nun schelmisch. „Ich habe mir
bei den Einkaufstouren in den Discounter die Magazine
angesehen, auf denen dein Bild war. Glaube mir, Markus,
ich bin stolz auf dich, auch wenn ich nicht verstehe, wie
dir diese Art Ruhm wirklich wichtig sein kann."

Er wunderte sich über die Wortwahl seiner Mutter. *Stolz*
war nicht unbedingt ein positiv besetztes Wort bei den
Amisch. Auch war es nicht im Sinne der Prediger und des
Bischofs, weltliche Magazine zu begutachten.

„Nein, Mutter, das siehst du falsch. Ich bin da hineinge-
rutscht und ja, es gefällt mir, was ich mache. Aber ich
werde auch nicht todunglücklich sein, wenn es vorbei ist.
Sich in andere hineinzuversetzen, eine Rolle zu spielen,
ist spannend. Aber mehr auch nicht. Es ist nicht mein Le-
bensinhalt. Das heißt, im Moment schon, aber eben nicht
der einzige..." Er hatte sich in eine Sackgasse manövriert
und brach ab.

„Was tust du denn sonst noch?" Seine Mutter kannte ihn
gut. Nun forderte sie ihn heraus.

„Ich lese in der Bibel. Ich versuche herauszufinden, was
es mit der Erlösung auf sich hat. Ich sehe, was in der Bibel

steht und vergleiche die Sichtweise der Amisch mit der Sichtweise anderer Christen."

„Es hört sich befremdlich an. Du glaubst, du bist dazu berufen, selbst die Bibel auszulegen. Das ist so eitel."

„Siehst du, Mutter, das ist mein Problem mit der amischen Religion. Was gibt den Amisch das Recht, davon auszugehen, dass sie die alleinige Weisheit besitzen? Wie es sein wird, wenn wir für diese Welt gestorben sind, das weiß niemand. Warum also so tun, als wüssten wir es? Ich bin der Meinung, dass viele Wege zu Gott führen können."

Ruth war einerseits besorgt über seine Sichtweise, andererseits aber auch beruhigt, dass er seine Glaubensstudien nicht abgebrochen hatte. Er würde seinen Weg schon finden. Davon war sie nach diesem Gespräch überzeugt. Nicht beruhigt im Sinne ihrer Religion, aber immerhin war er auf der Suche. Immer noch. Diese Suche konnte ihn im besten Fall auch zu ihnen zurück führen.

Sie ging ins Haus, um neue Limonade aus dem Kühlschrank zu holen und setzte sich dann wieder neben ihn. Er bemerkte wohl, dass sie jede Sekunde, die er bei ihr war, ausnutzen wollte. Hanna und Lucy würden das Abendessen zubereiten, während Mary in Diensten einer mennonitischen Frau mit sieben Kindern stand und ihr gegen Bezahlung zur Hand ging.

„Ruben junior denkt daran, uns mit seiner Familie nach Ohio zu folgen. Du weißt, dass er sich nicht allzu gut mit seinem Schwiegervater verträgt. Ich glaube, für ihn ist es eine willkommene Gelegenheit, den Bezirk zu verlassen. Matt hat geschrieben, dass es in ihrem Bezirk noch Land zu kaufen gibt."

Die Landknappheit hier in Pennsylvania County war ein großes Problem für die großen amischen Familien, deren Kinder beabsichtigten, Farmland zu kaufen.

„Es ist schön, dass Ruben mit euch kommt. Was sagt Cecy dazu?" Cecy war Rubens Frau und Markus schätzte sie sehr.

„Sie liebt Ruben und leidet unter der Situation im Haus ihrer Eltern."

„Dann ist es ja gut. Sie haben mir nichts davon erzählt, als ich bei ihnen zu Besuch war."

Markus wusste, dass diese Bemerkung überflüssig gewesen war. Er hatte erlebt, dass er ein Außenseiter war, auch wenn er sich bei seinen Geschwistern aufhielt. Mit so überbordender Freude, wie Lucy ihren Lieblingsbruder empfangen hatte, würde er hier nirgends empfangen werden. Ruben würde ihm nicht einfach so die Pläne, die er mit seiner Familie hatte, erläutern.

„Ich muss dir noch etwas erzählen", begann Ruth erneut.

Markus hatte bemerkt, dass seine Mutter etwas beschäftigte, was sie eigentlich noch nicht vorhatte, ihm zu erzählen.

„Du weißt, dass ich deinem Vater nur selten widerspreche", begann Ruth, was eine absolute Untertreibung war. Markus hatte noch nie erlebt, dass sie ihm Widerworte gegeben hätte, ja, auch nur daran gedacht hätte, ihm ihre eigene Meinung mitzuteilen.

„Aber die Sache mit Ohio war mir zuerst nicht allzu willkommen. Es gefiel mir nicht, einen Teil meiner Familie aufzugeben. Dann habe ich Ruben einen Handel angeboten. Ich sagte, er müsse dir unser Haus hier überlassen. Du würdest dann schon wissen, was du damit machen würdest. Wenn er das täte, wäre ich bereit dazu, nach Ohio umzuziehen."

Markus traute seinen Ohren nicht. „Du hast ihn erpresst?"

„Die *Englischen* würden es so nennen, ja." Sie machte keinen allzu geknickten Eindruck. Ihr Gesichtsausdruck war eher spitzbübisch, denn schuldbewusst.

„Aber warum? Hätte Ruben den Hof nicht übernehmen können? Dann wäre sein Problem gelöst gewesen. Oder Zeb oder Abe? Oder eines der Mädchen?"

„Du weißt, dass Zeb und Abe eigene große Höfe besitzen, die ihnen gehören, seit ihre jeweiligen Schwiegereltern im *Großdaddyhaus* wohnen. Und Idas Mann ist der Herr auf Prediger Zooks Hof, wenn der sich aufs Altenteil begibt. Hanna und Mary gehen gerne mit nach Ohio. Sie freuen sich auf das Neue, nachdem sie sich hier für absolut keinen Heiratskandidaten erwärmen können. Und Ruben, nun, ich glaube, die Gelegenheit, von hier weg zu kommen, ist durchaus in seinem Sinne."

Er hatte es auf den Lippen zu sagen, was er denn mit dem Hof tun solle, doch er ließ es. Vielleicht wusste sie um seine Zerrissenheit in der Fremde und wollte ihm eine Tür offenhalten, um wieder in seine Heimat zurückkehren zu können. Sie schwiegen beide eine Weile. Im Schatten unter seinem Auto hatte es sich eine der Hofkatzen gemütlich gemacht und ein paar Hühner liefen frei herum, scharrten hier und da und verteilten ihre Hinterlassenschaften auf dem staubigen Boden. Wenn er den Kopf wendete, konnte er einen Blick auf den Weiher werfen, der ein paar Meter vom Haus entfernt lag, und auf dem eine Entenfamilie ihre Kreise zog. Ruben hatte jedes Jahr Fische eingesetzt, die im Herbst abgefischt wurden und den Speiseplan der Familie erweiterten.

„Warum hast du darauf bestanden? Ihr hättet das Haus doch gut verkaufen können? Gerade, wo das Land hier so knapp ist?", fragte Markus jetzt.

„Ich wollte nicht, dass du deine Heimat verlierst", antwortete Ruth liebevoll.

„Ist er darauf eingegangen?"

„Ja, ist er. Sonst würde ich jetzt nicht packen."

Markus atmete tief durch, dann sah er seine Mutter ernst an. „Ich danke dir dafür. Ich denke, es ist gut, auf eine Heimat zurückgreifen zu können."

„Bist du nicht glücklich, dort, wo du bist?"

„Doch, eigentlich schon. Es geht mir gut und ich habe Freunde, wenige zwar, aber sehr gute. Und gute Ratgeber."

„Aber keine Frau."

„Nein, keine Frau. Ich hatte vorübergehend eine Freundin, aber daraus ist dann doch nichts geworden. Du weißt, dass ich auf diesem Gebiet eher schwierig zufriedenzustellen bin." Malia fiel ihm ein und auch, dass niemand über sie gesprochen hatte, seit er hier war.

„Was ist aus Malia geworden?"

Seine Mutter runzelte die Stirn und antwortete nicht gleich. Dann sagte sie: „Sie war ... nun ... sehr betrübt darüber, dass sie sich falsche Hoffnungen gemacht hatte. Ich denke auch, sie hat sich geschämt, weil sie verlassen wurde. So sah es eben in ihren Augen aus. Malia hat sich in der darauffolgenden Saison mit Adam Fisher verheiratet."

Markus war bestürzt. Adam Fisher musste mindestens fünfzehn Jahre älter als Malia sein. Er war Witwer und hatte bereits fünf Kinder.

„Sie ist unglücklich, ist es das, was du nicht aussprechen willst?"

„Mit noch nicht einmal zwanzig Jahren einen Witwer mit fünf Kindern zu heiraten, ist vielleicht nicht der Traum eines jungen Mädchens. Sie leben im gleichen Bezirk wie deine Brüder. Inzwischen hat sie drei eigene Kinder zu den fünfen dazu bekommen. Cecy meint, sie hätte gut zu tun, aber wirklich unglücklich wirkt sie eigentlich nicht."

„Denkst du, ich sollte sie besuchen?"

„Lass es, Markus. Es war nicht deine Schuld, so wie ich das sehe. Ich denke, die Väter haben sich zu viele unbegründete Hoffnungen gemacht und Malia war die Leidtragende. Andererseits ist es nicht das Schlechteste, eine große Familie zu haben. Adam ist ein netter Mann."

Er antwortete nicht gleich, sagte schließlich verbindlich: „Ja, das hoffe ich für Malia."

Wieder übertönten die lärmenden Grillen ihr Schweigen. Ruth nahm die Hand ihres erwachsenen Sohnes und drückte sie. Markus erwiderte die zärtliche Geste.

Dann sagte er: „Ich würde euch gerne Geld geben, aber ich fürchte, Vater würde es niemals annehmen."

„Das fürchtest du zu Recht."

„Aber ich möchte, dass du mir eine Nachricht übermittelst, schreibst oder anrufst, wenn ihr Geld brauchen könnt. Es ist das Einzige, was ich für euch tun kann. Du weißt schon: Wenn jemand krank ist oder die Ernte ausfällt, oder was weiß ich."

„Ich verspreche dir, dass ich das tun werde..." Ruth wollte noch weitersprechen, aber Ruben bog um die Ecke. Es war Zeit für das Abendessen und damit Zeit für Markus, sich zu verabschieden.

Zwei Tage später trat er endgültig wieder die Heimreise an. Das Herz war ihm schwer, als er seine Familie verlassen musste – auch seinen Vater.

Er hielt noch einmal auf einer Anhöhe an und sog das friedliche Bild, das die Gegend um Paradise ausstrahlte, in sich auf. Der Anblick der blitzsauberen und herrschaftlichen Höfe der Amisch und Mennoniten, die gepflegten Steinhäuser der *Englischen,* die an den Rändern der kleinen Durchgangsstraßen in Reih und Glied standen, die Felder und Wiesen, die zum Teil noch in voller Pracht standen, zum Teil bereits abgeerntet waren, die früchtetragenden Obstbäume in den Hainen der Obstbauern und die wunderbaren Gärten der beflissenen Hausfrauen – all das nahm er in sein Innerstes auf.

Anders als bei seinem ersten Weggang, war es ihm nun ein Anliegen, so viel wie möglich in seinem Herzen zu bewahren, denn er ahnte, dass er lange nicht mehr hierherkommen würde.

Er stieg ein, fuhr noch eine Weile übers Land, um dann auf den Highway in Richtung Washington einzubiegen und wieder nach Jacksonville zurückzufahren.

Kapitel 13

Sein nächster Film würde der wichtigste in seinem Leben werden, da war Markus sich sicher. Er war nicht die erste Wahl für diese Hauptrolle gewesen, doch diejenigen, die vor ihm gefragt wurden, hatten abgewunken. Niemand wollte die heikle Rolle eines Attentäters übernehmen, der bei einem Anschlag Tausende von Menschen tötet.

Markus hingegen reizte es, sich in einen Mann hineinzudenken, der zum Mörder so vieler Menschen wird und dabei sein eigenes Leben hingibt. Nach welchen Werten handelte so jemand? Wohl war die Handlung fiktiv, aber reale Beispiele gab es auf der ganzen Welt genug. Er sammelte Informationen ähnlicher Vorfälle und studierte sie genauestens. Wirklich auf die Spur aber kam er den Beweggründen nicht, also musste er die Rolle anders ansetzen. Er musste handeln wie ein Mann, der seiner festen Überzeugung folgte, seinen Werten, so falsch sie auch sein mochten. Was ihm gefiel, war die Tatsache, dass der Film die Verbrecher als Verbrecher und die Terroristen als Terroristen verurteilte, nicht aber alle anderen Menschen, die zufällig einer bestimmten Religion zugehörten, unter Generalverdacht stellte.

Obwohl ihn die Rolle von Anfang an reizte, überlegte er sehr lange und ausführlich, ob er sie auch wirklich übernehmen sollte. Letztendlich stimmte er zu.

Die Dreharbeiten waren komplex und schwierig. Es erforderte enormen technischen Aufwand und viel Tricktechnik. Markus selbst erkannte sich nicht wieder, als die Maskenbildner mit ihm fertig waren. Doch dieses veränderte Aussehen half ihm, sich noch mehr in die Rolle hineinzuversetzen.

Und er war wirklich gut. Die Kritiken überschlugen sich und der Film wurde ein Blockbuster. Markus Troyer war nun eine feste Größe in der Welt des Films. Mit dem Geld, das er allein mit diesem Film verdient hatte, konnte er sich zur Ruhe setzen und bequem davon leben. Aber er begann, das Filmgeschäft wirklich zu mögen. Die ganzen bisherigen Jahre über hatte ihm die Arbeit Spaß gemacht. Er hatte die Schauspielerei immer noch als Durchgangsstation für etwas gesehen, was er später noch machen würde – wenn er auch keine Idee hatte, was das sein konnte. Nun hatte sich etwas verändert. Er war in seinem Beruf angekommen und mit Begeisterung bei der Sache.

Nicht zuletzt diesem Erfolg war es zu verdanken, dass er nun eine große Auswahl an interessanten Angeboten vorgelegt bekam, die er allesamt ernsthaft sichtete. Mit Lou hatte er vereinbart, dass der ihm wirklich alles vorlegen sollte, was für Markus eintraf. Lediglich eindeutige Pornostreifen durfte Lous Büro sofort ablehnen. Ansonsten wollte er selbst bestimmen, was in die nähere Auswahl kam.
Eines Abends - es war wieder Sommer und in Florida brütete die schwüle Hitze über der Landschaft - saßen Lou Richards und Markus zusammen mit Jeffrey Rosenberg auf dessen schattiger Terrasse hinter der stattlichen Villa und sprachen über kommende Projekte.
Jeffrey Rosenbergs Rolle als Raumschiffkapitän war inzwischen legendär, obwohl die Serie inzwischen ausgelaufen war. Sie hatte ihm neben Prestige und Ruhm auch eine Menge Geld eingebracht. Geld, das er gut anlegte und sorgfältig verwaltete. Dennoch liebte er es, wie Markus es auch ihm gegenüber zu nennen pflegte, *großspurig*. In den fünf Garagen seiner Villa standen drei sportliche

Oldtimer in einer Reihe mit zwei schnittigen modernen Sportcabriolets, das Haus besaß neben acht vollausgestatteten Schlafzimmern vier Bäder, davon ein Luxusbad mit Panoramablick auf das Meer, eine riesige, selbstverständlich mit allen Schikanen ausgestattete, Küche, und weitere Räume, die er tatsächlich alle irgendwie nutzte. Über den Garagen, die an der Straßenseite seitlich vom Haus über eine ausladende Zufahrt zu erreichen waren, gab es zwei großzügige Angestelltenwohnungen, von denen eine groß genug für eine Familie mit Kindern war, und auch im Souterrain des Hauses konnten noch einige Angestellte reichlich Platz finden. Tatsächlich beschäftigte das Ehepaar Rosenberg - Jeffrey war seit drei Jahren mit einer wirklich netten und gutaussehenden Frau verheiratet - drei Angestellte: ein Hausmädchen, das nur für die Pflege der vielen Zimmer zuständig war, einen Hausmeister, der sich um den technischen Schnickschnack kümmerte, und einen Gärtner. Hinzu kamen noch zwei Zugehfrauen, die nicht im Haus wohnten, aber täglich ein paar Stunden gut zu tun hatten.

Das alles schoss Markus durch den Kopf, als er kurz aufgestanden war, um die Toilette aufzusuchen und sich wieder einmal nicht entscheiden konnte, ob er nun das Badezimmer links neben dem rückwärtigen Entree, also in Küchennähe oder eines der Bäder rechts benutzen sollte. Er grinste in sich hinein, als er zurück in den mittleren Teil des dreigegliederten Hauses trat, wo sich ein ausladender Wohnraum über zwei Etagen hinweg zog, über dem auf der dritten Etage ein ebenso riesiges Arbeitszimmer untergebracht war. Wie konnte es sein, dass Jeffrey all das nutzen konnte? Er selber war sich sicher, dass solch riesige Häuser nur dazu gut waren, sich darin zu verirren – und das meinte er nicht nur örtlich gesehen.

So viel Besitz konnte doch nur Probleme machen. Er liebte seine kleine Mietwohnung, in der er immer noch relativ spartanisch lebte, und die absolut überschaubar und ausreichend für ihn war.

„Hast du dich verlaufen?", fragte ihn Jeffrey, der sich eine Pfeife angezündet hatte, scherzhaft, da er wusste, was Markus über die Größe seines Besitzes dachte.

„Ich tat mich schwer damit, eines der Bäder auszuwählen, dem ich die Ehre meines Besuches zukommen lassen wollte", grinste Markus zurück und setzte sich wieder in einen der dick gepolsterten Terrassensessel. Kam man vom klimatisierten Wohnraum wieder ins Freie, raubte einem die Schwüle die Luft zum Atmen. Dennoch hatten sich die drei Männer dazu entschlossen, hinaus zu gehen.

Markus liebte das Geräusch der Meeresbrandung, das jetzt bei Flut recht nahe war. Am Horizont konnte man die Lichter von vorbeifahrenden Schiffen beobachten, die jetzt, in der Dämmerung, immer deutlicher zu sehen waren.

Lou hatte sich zurückgelehnt und schien ein wenig zu dösen. Alle drei trugen kurze Hosen und weiße T-Shirts, da alles andere viel zu heiß gewesen wäre. Nun beugte Lou sich vor, trank von seiner eisgekühlten Cola und stützte sich auf den ausladenden Terrassentisch, auf dem in wildem Durcheinander verschiedene Skripts lagen.

„Jungs, wir müssen jetzt mal fertig werden. Was interessiert euch, was können wir uns näher anschauen?"

Markus schob einen Stapel der weißen, mit Schnellheftern zusammengefügten Papiere zur Seite. „Lou, ich sagte, keine Pornos."

„Was ist daran bitte Porno?" Lou strich sich über die Halbglatze und griff nach den drei Drehbüchern, die Markus bereits ausgeschlossen hatte. „Da ist eine Bettszene drin. Du kannst heute keinen Film mehr ohne Bettszene machen!" Er zog ein bestimmtes Skript aus dem Stapel.

„Das ging bei den anderen Sachen bisher doch auch ohne!", monierte Markus.

Jeffrey grinste und lehnte sich zurück, den Disput genießend. Er kannte Markus und seine prüde Einstellung inzwischen.

„Hör zu. Wenn du im Filmgeschäft was werden willst, müssen wir langsam damit anfangen, ein Traumpaar zu kreieren. Du und Linda Gold – das wäre ein Ding. Das hat doch schon damals bei dem Bürgerkriegsding funktioniert." Lou versuchte, Markus dazu zu überreden, das spezielle Skript noch einmal anzusehen.

Markus nahm es ihm tatsächlich aus der Hand, las den Titel und erinnerte sich an die Story. Er war immer sehr gründlich, wenn es darum ging, neue Drehbücher zu sichten. Lou nahm an, dass Markus der einzige war, der alles wirklich auch *las*, was man ihm anbot.

„Schwerreicher Industrieller mit hartem Herzen verliebt sich in eine Prostituierte. Das ist doch nun wirklich nichts Neues."

„Muss ja nicht immer alles neu sein. Aber hier ist es anders: Erstens der reiche Mann ist noch sehr jung, also kein alter Sack, zweitens die junge Schöne ist keine Prostituierte. Das denkt der nur ... ich dachte, du hättest das Ding gelesen?"

„Ich habe bei der Bettszene aufgehört."

„Die ist auf Seite drei!"

„Genau!"

Nun lachte Jeffrey laut auf und die beiden anderen sahen zu ihm hinüber.

„Was!?", Markus runzelte die Stirn.

„Ich habe das Buch auch gelesen und finde es entsetzlich schade, dass die dich wollen und nicht mich. Aber mit den paar Jahren, die ich älter bin, wäre ich dann doch wohl der alte Sack, den sie nicht wollen." Er lachte wieder. „Warum bist du eigentlich so prüde? – Bei dieser Szene sieht man ja nicht mal was. Also, nicht wirklich. Und du und Linda, ihr funktioniert zusammen, wie Lou schon sagt."

Markus sah von einem zum anderen. Beide waren seine Vertrauten, umso erstaunlicher, dass keiner von ihnen seine wahre Herkunft kannte. Nicht einmal Lou, der damals bei den Dreharbeiten in Charleston dabei gewesen war. „Ich schätze, meine Herkunft und meine Einstellung sind mir im Wege", sagte er schließlich.

„Bist du Mönch, oder was?" Jeffrey gab nicht so schnell auf, obwohl er durchaus erkannte, dass das Gespräch eine ernsthafte Wendung genommen hatte.

„Mit dem Glauben hat das schon was zu tun, ja. Könnten wir uns nicht einfach darauf einigen, dass ich zwar Mörder spiele, aber keine Sexszenen?"

Lou zuckte mit den Schultern. „Ich habe dir bisher keine schlechten Ratschläge gegeben und du hast mich wahrlich nicht enttäuscht. Aber genau das verstehe ich nicht."

„Ich ziehe mich nicht aus, so einfach ist das. Natürlich ist alles nur gespielt, aber ... ich ziehe mich eben nicht aus."

„Na gut, Jungs. Dann eben kein Traumpaar Gold/Troyer. Wofür hast du dich denn nun entschieden?" Lou wollte die Sache ein wenig beschleunigen, da es ihm nun doch zu anstrengend wurde, hier in der Freiluftsauna zu sitzen, ohne wirklich voran zu kommen.

„Die Serie. Ich würde gerne eine Serie machen. Irgendwie fühle ich mich im 19. Jahrhundert ganz wohl."

„Das Ding mit dem Goldrausch in Kalifornien?", fragte Jeffrey nach.

„Genau. Das würde ich gerne machen", bekräftigte Markus noch einmal.

„Wieso bleibst du nicht im Kino?"

„Serien sind kuscheliger. Überhaupt solche nostalgischen."

„Na gut, dann werde ich mich mit den Produzenten mal in Verbindung setzen. Vielleicht würde ja noch ein Kinofilm dazwischen passen, wenn es gut geplant ist. Überlege es dir doch noch mal mit diesem Film." Lou hatte es eilig, in sein klimatisiertes Auto zu kommen und sammelte seine Papiere ein. Die Drehbücher ließ er liegen. Markus wusste, dass Lou hoffte, ihn doch noch in die Traumpaar-Schiene drängen zu können.

Jeffrey hatte Lou durch das Haus nach vorne zum Hauptportal begleitet und kam nun mit Franca, dem Hausmädchen zurück. Markus wunderte sich jedes Mal aufs Neue, dass Jeffrey seine Hausangestellten nicht in solche Uniformen steckte, wie sie in England in den hohen Häusern immer noch üblich waren. Andererseits wusste er auch, dass er nicht nur als Freund sehr zuvorkommend war, sondern auch seinen Angestellten gegenüber.

Franca brachte frische, kalte Getränke und nahm die noch nicht angebrochenen Flaschen, die inzwischen warm geworden waren, mit, um sie in den Kühlschrank zu packen.

„Warum bist du so prüde?", fragte Jeffrey erneut, als sie wieder alleine waren.

„Weil ich Amisch bin. Immer noch, auch wenn ich schon ewig dort weg bin." Nun war es gesagt. Markus war der

Meinung, dass es an der Zeit war, Jeffrey die Wahrheit zu sagen.

Jeffrey atmete hörbar ein und beugte sich überrascht nach vorne. „Du meinst die ohne Strom und mit Kutschen ...?"

„Genau die, Jeff. Und wenn man so aufwächst, dann tut man sich nicht so leicht mit nackter Haut."

Jeffrey war gedanklich noch bei Markus Eingeständnis. „Amisch! Warum hast du nie etwas gesagt? Ich meine, allein diese Tatsache wäre doch ein riesiger PR-Gag."

Markus gefiel die Aufregung nicht, die Jeffrey um sein Geständnis machte.

„Hör zu, ich habe es dir erzählt, weil ich endlich mal Ruhe vor blöden Fragen haben möchte. Ich gehe davon aus, dass ich dir vertrauen kann und du niemanden etwas davon sagst. PR ist genau das, was ich in dieser Sache nicht möchte, verstehst du."

Jeffrey überlegte, dann sagte er: „Du willst deine Leute schützen, hab ich Recht? Nach dem, wie bekannt du inzwischen bist, würden sich die Journalisten wie die Geier darauf stürzen. Ja, ich denke, ich verstehe dich. Keine Angst. Dein Geheimnis ist bei mir sicher. Ich würde es auch Lou nicht sagen. Der könnte eventuell auf den gleichen Gedanken kommen wie ich zuvor."

„Hatte ich nicht vor."

„Jetzt verstehe ich auch, warum dir die nostalgischen Stoffe so naheliegen. Back to the roots, sozusagen."

„Ach, Blödmann!"

Jeffreys Frau war hinzugetreten und beide wandten sich ihr zu. Sie trug einen Bikini, der ihre fabelhaften Formen zeigte, was die Männer durchaus bemerkten – Markus ebenso, wie natürlich Jeffrey, der aufstand und sie küsste.

„Gehen wir ins Meer schwimmen?", fragte sie dann und wartete auf eine Reaktion der beiden.

„Also ich nicht. Ich werde mal das hier wieder einpacken und mir Lous Empfehlung durch den Kopf gehen lassen." Obwohl Markus unheimlich gerne im Meer schwamm, war er nun müde geworden und wollte nach Hause.

Jeffrey half ihm, die Unterlagen zusammenzusammeln und trennte seine Papiere von denen, die für Markus bestimmt waren.

„Na, dann geh mal in dich! Übrigens, die Serie interessiert mich auch. Vielleicht könnten wir beide den Goldrausch rocken."

Jeffrey verschwand im Poolhaus, um sich umzuziehen und Markus brachte sich selbst zur Tür, nachdem Rebekka bereits über die Brücke, die das Anwesen mit dem Strand verband, gelaufen war, und sich noch von weitem verabschiedet hatte.

Der Verkehr in die Innenstadt war zu dieser Stunde mörderisch. Obwohl er die Klimaanlage auf kühle 14 Grad eingestellt hatte, hatte er das Gefühl, als glühe er von innen heraus. Er sehnte sich nach einer kalten Dusche und einem kalten Bier in seinem klimatisierten Appartement. Endlich bog er von der Hauptstraße in die kleine Nebenstraße ein, die zur Tiefgarage seines Wohnblocks gehörte. Er zückte die Codekarte, hielt sie an den Kartenleser und ließ seinen kleinen Mittelklassewagen – dessen Autoleidenschaft teilte er mit Jeffrey nicht – ausrollen, hinunter in die Eingeweide des fünfzehnstöckigen Gebäudes. Schon der Lift und die Flure im Haus waren erfrischend kühl, ebenso wie sein Appartement.

Er atmete tief durch, verzog sich ins Bad, um die ersehnte Dusche zu nehmen, und kam nur mit einem Handtuch bekleidet zurück in den zwar sehr geschmackvoll, aber nur mit wenigen Möbeln eingerichteten Wohnraum. Er hatte beim Heraufkommen einen Umweg über seinen Briefkasten gemacht und sortierte nun, da er sich sauber und erfrischt fühlte, auf der Couch sitzend die Post. Da seine Fanpost über Lous Büro lief, hielt sich der Papierstapel in Grenzen, aber er benötigte doch eine Weile, bis er alle Kuverts geöffnet und deren Inhalt durchgesehen hatte.

Wie elektrisiert sprang ihn das Schreiben des kleinen Kuverts an, das er eben, als eines der letzten, aufgefaltet hatte!

Du elender Massenmörder! Verrecken sollst du! stand da in aus Zeitungspapier zusammengeklebten Silben. Markus wurde augenblicklich schlecht. Noch nie war er mit Dergleichen konfrontiert worden. Was sollte das bedeuten? Er war konfus, wusste nicht, was er damit anfangen sollte.

Markus stand auf, goss sich einen Cognac ein und trank ihn ohne abzusetzen. Dann nahm er den anonymen Brief erneut zur Hand. Tatsächlich war er nun etwas ruhiger geworden. Bestimmt wurden viele Menschen mit derartigem Müll traktiert. Er lebte nur bisher auf einer Insel der Seligen, überlegte er und entschied sich, das Schreiben vorerst einmal aufzuheben und ein paar Nächte darüber zu schlafen.

Auch einige Tage später war ihm immer noch unwohl, wenn er an den Vorfall dachte, aber langsam verblasste die Aufregung darum. Umso härter traf es ihn, als etwa zwei Wochen später wieder einer dieser Briefe ankam.

Die Hölle soll sich auftun! Ungeheuer werden verbrannt! war diesmal die schreckliche Botschaft.

Markus wurde unsicher. Er überlegte, zur Polizei zu gehen. Andererseits waren es keine wirklichen Drohungen, nur Beschimpfungen. Er vermutete, dass die Polizei darauf hinweisen würde, dass es nicht lohne, dem nachzugehen.

In einigem Abstand zueinander kamen zwei weitere Pamphlete, die er inzwischen am Kuvert erkannte. Er las sie nicht mehr, legte sie nur noch in die Schublade zu den anderen. Ansonsten sprach er mit niemandem darüber. Er hatte das eigenartige Gefühl von peinlichem Berührt-sein und verstand nicht, warum dies so war. Nicht er verfasste die abgründigen anonymen Briefe, warum also empfand er Scham, wenn er daran dachte?

Das fünfte Kuvert sah anders aus, als die anderen. Es war größer und der Inhalt erschien dicker. Deshalb dachte er nicht weiter darüber nach, als er eine Pappe herauszog, die auf einer Seite mit den inzwischen schon bekannten Lettern beklebt war. Diesmal war es eine ganze Seite voller Drohungen. Detailliert wurde geschildert, wie der Absender gedachte, ihn zu töten.

Die Gleichgültigkeit, die er den Hassbriefen gegenüber an den Tag legte, brach in sich zusammen. Er begann panisch zu reagieren, überlegte, was zu tun sei und kam auf den Gedanken, Jeffrey einzuweihen.

Obwohl Markus am Telefon nicht gesagt hatte, worum es sich handelte, stand Jeffrey eine halbe Stunde später vor Markus Appartementtür. Er kannte Markus inzwischen gut genug, um seine Stimmungen einschätzen zu können. Und die Stimmung, in der der sich während des Telefongespräches befand, wertete Jeffrey eindeutig als alarmierend.

Er war ähnlich entsetzt, wie Markus selbst und riet ihm, sofort die Polizei einzuschalten.

„Warum hast du das nicht längst gemacht?" Jeffrey konnte es nicht fassen.

„Ich bin so aufgewachsen, dass wir nicht wegen jeder Kleinigkeit zur Obrigkeit gerannt sind. Genaugenommen haben die Amisch alle ihre Streitigkeiten selbst geregelt. So was wie das kam nie vor."

„Ach verdammt, du bist kein Bauer mehr, sondern ein bekannter Kopf in den Vereinigten Staaten. Egal, wie gefährlich oder ungefährlich der Mistvogel ist, der so was schreibt, du musst mit allem rechnen."

Jeffrey schüttelte verständnislos den Kopf, verlor aber keine Zeit mehr. Er rief selbst auf der Dienststelle an und wenig später standen zwei Polizisten in der Wohnung und sichteten die Briefe.

Sie gaben Markus den Rat, vorsichtig zu sein und am besten einen Bodyguard anzuheuern, so wie es bei Leuten in seinen Kreisen üblich sei. Die Briefe würden im Labor nach DNA-Spuren untersucht werden.

Obgleich Markus vorhatte, tatsächlich einen Sicherheitsdienst zu beauftragen, zögerte er diesen Schritt immer wieder hinaus. Er fühlte sich sicher in seinem Appartement und auch dort, wohin er fuhr. Die Öffentlichkeit vermied er ohnehin, da er sich nicht daran gewöhnen konnte, von Fans immer und überall erkannt zu werden. Ihn, der derart uneitel aufgewachsen war, schreckte der Gedanke, dass andere ihn in eine Art Idol-Olymp erhoben.

Letztendlich sorgte Lou für einen Sicherheitsmann an seiner Seite, den Markus immer dann rufen sollte, wenn er aus dem Haus ging. Das Appartementhaus, dessen Ausgang von einem Portier überwacht wurde, erschien allen Beteiligten als sicher.

Tatsächlich schien sich Markus' Stalker zurückzuhalten. Es passierte drei Monate lang nichts, bis Markus nichtsahnend wieder einen Brief öffnete, der geschäftlich aussah und sogar mit einem Absender, einer Firma in Kalifornien, versehen war. Diesmal war es kein beklebtes Blatt Papier, sondern ein sauber gefaltetes, getipptes Schreiben, das immer noch aussah, als wäre es ein Firmenschreiben. Er zog den Brief auseinander und bemerkte zu spät, dass ein weißes Pulver herausstaubte. Es war so fein, dass es sich auf die Haut seiner Hände legte und er nicht verhindern konnte, etwas davon einzuatmen. Sofort wusch er sich das Zeug ab und informierte die Polizei, die ihm riet, sich zu einem Krankenhaus zu begeben. Es war nicht ausgeschlossen, dass der Verrückte Zugang zu gefährlichem Gift hatte.

Nach einigen aufregenden Stunden allerdings stand fest, dass es sich tatsächlich um eine harmlose Substanz, zusammengemischt aus feinem Mehl, Traubenzucker und Milcheiweiß, handelte.

Markus begann, daran zu zweifeln, ob das Appartementhaus wirklich so sicher war, wie alle annahmen. Dieser Typ ließ ihm keine Ruhe und es war an der Zeit, wirklich etwas gegen ihn zu unternehmen. Doch was? Der DNA-Abgleich der Polizei ergab nichts, niemand wusste, wie er aussah. Es gab nicht den geringsten Anhaltspunkt.

Zunehmend fühlte Markus sich verfolgt. Auch wenn er den Sicherheitsmann immer bei sich hatte, spürte er eine unbestimmte Angst, wenn er sich unter Menschen aufhielt.

Dennoch hatte er eines Abends beschlossen, nach San Marco hinauszufahren, um ein wenig in der Dunkelheit bummeln zu gehen. Er brauchte eine Pause vom Sicherheitsmann, von der Angst, von all dem Schmutz, in dem er sich gerade befand. Also nahm er, ohne Begleitschutz anzufordern, seinen Wagen, fuhr kreuz und quer durch Jacksonville und parkte schließlich auf dem Square, dem historischen Marktplatz des malerischen Vorortes San Marco.

Die Dunkelheit hatte sich bereits herabgesenkt und die Straßenkünstler begannen ihr nächtliches Treiben auf dem belebten Platz. Feuerakrobaten, Schwertschlucker, Musiker boten ihr zufällig zusammengewürfeltes Programm und fanden dankbare Zuschauer.

Markus fühlte sich wohl hier und begann, sich ein wenig zu entspannen. In der Dunkelheit konnte er sich unbehelligt bewegen und war trotzdem Teil dieser bezaubernden Atmosphäre. Helle Kinderstimmen intonierten „Aahs" und „Oohs", als die Feuerakrobaten ihre unglaublichen Kunststücke vorführten.

Immer mehr Menschen wurden vom spontanen Applaus angelockt.

Markus stand in der letzten Reihe des Publikums, das gerade wieder eine besonders gelungene Figur feierte, als er von hinten gepackt wurde. Sein Angreifer schrie ihm etwas ins Gesicht, was im aufbrandenden Lärm der begeisterten Menge unterging, dann streckte er ihn mit einem Fausthieb nieder. Zu überrascht von dem Angriff, wehrte sich Markus erst mit einiger Verzögerung, riss den anderen schließlich auch zu Boden. Doch der war stark! Der Schläger wälzte sich auf sein Opfer und schlug ihn mehrmals ins Gesicht und auf die Brust. Markus hatte kaum Gelegenheit, sich vor den gezielten Schlägen zu schützen. Endlich, nach endlosen Sekunden, wurden Passanten aufmerksam, zerrten den Kämpfer von seinem Opfer und hielten ihn fest, wobei den meisten gar nicht klar war, wer nun eigentlich der Angreifer war. Markus krümmte sich auf dem Boden, fühlte einen Blutstrom aus seiner Nase über das Gesicht laufen und schmeckte Blut im Mund. Langsam krochen Schmerzen in ihm hoch und er fühlte, wie ihm die Sinne schwanden. Von ganz weit weg hörte er jemanden mit ihm reden, aber es dröhnte in seinen Ohren und die Dolchstoße in seiner Stirn und die Beklemmung in seiner Brust waren übermächtig. Er trat nicht völlig weg, war aber auch nicht mehr Herr seiner Sinne. Irgendwann nahm er die Sirene einer Ambulanz wahr, spürte Hände, die ihm seine eigenen Hände vom Gesicht wegzogen und die seinen Körper abtasteten. Wieder sprach jemand mit ihm, dann legte man ihn auf eine Trage und schob ihn in den Rettungswagen.

Nur bruchstückhaft erinnerte er sich später an die ganze Szene. Sein Kopf wurde erst wieder klarer, als er in einem Krankenhausbett lag und Infusionsschläuche etwas in seinen Arm tropften.
Jeffrey erschien in seinem Blickfeld, das durch einen Verband arg eingeschränkt war, und schließlich auch ein Polizist.
„Scheiße, Mann, was machst du für Geschichten!" Markus überlegte, wer Jeff wohl benachrichtigt haben könnte. Der beantwortete ihm die stumme Frage gleich selber: „Die Polizei hat den Schläger festgenommen. Und auf dem Revier haben sie sich daran erinnert, dass ich sie damals wegen der Briefe benachrichtigt hatte. Manchmal hat es doch was für sich, wenn man etwas bekannter ist, als der Großteil der übrigen Leute." Er verzog das Gesicht zu einem Grinsen, wurde aber sofort wieder ernst.

„Die Polizei ist da und hat ein paar Fragen an dich."
Jeffrey deutete auf den älteren Mann, der geduldig neben
ihm gewartet hatte.

„Was ist passiert?" Markus zerbrach sich den schmerzenden Kopf, aber bis auf die Tatsache, dass ihm das Atmen
schwer fiel und er nicht wirklich aus den Augen schauen
konnte, hatte er keine Vorstellung von den letzten Stunden.

Doch! Langsam schob sich etwas in sein Erinnerungsver-
mögen, das ihm nicht gefiel. Er fing an zu zittern, ohne es
wirklich wahrzunehmen.

„Du bist überfallen worden", beantwortete Jeffrey Markus Frage. Als er Markus' körperliche Reaktion wahr-
nahm, legte er ihm beruhigend eine Hand auf den Arm.
„Du bist hier in Sicherheit. Der Schläger ist festgenommen
worden", wiederholte er noch einmal, da er den Eindruck
hatte, dass Markus noch nicht wieder ganz bei Sinnen
war.

Inzwischen hatte sich der Polizist in sein Blickfeld geschoben. „Mr. Troyer. Wir haben ihren Angreifer festgenommen. Die Leute, die dabeistanden, sagten überein-
stimmend, dass er Sie ohne ersichtlichen Grund angegrif-
fen hätte. Wir hegen die starke Annahme, dass dieser
Mann Ihr anonymer Briefeschreiber ist."

„Hm...", machte Markus zögernd und sortierte das eben
Gehörte. Er musste Schmerzmittel bekommen haben, da
er noch nicht wieder funktionierte. Dieses Gefühl, neben
sich zu stehen und keinen Einfluss darauf zu haben, was
gerade passierte, machte ihm Angst.

„Sein Name ist Ruland Becker. Sagt Ihnen das etwas?"
Markus zermarterte sich sein träges Gehirn, aber ihm war
der Name gänzlich unbekannt.

„Nein, keine Ahnung. Noch nie gehört." Da er aussah, als würde er über irgendetwas angestrengt nachdenken, schwiegen seine beiden Besucher. Tatsächlich begann er nach einiger Zeit seine Frage von vorhin zu wiederholen: „Was ist passiert?"

„Er hat dich überfallen und zusammengeschlagen. Draußen in San Marco. Du hast dir das Nasenbein gebrochen und ein paar Rippen", gab ihm Jeffrey erneut Auskunft.

„Haben Sie in der letzten Zeit Nachrichten von ihm bekommen, die wir nicht kennen?", fragte der Polizist weiter.

„Nein. Sie kennen alle seine *Nachrichten*." Markus verwendete das gleiche Wort, wie der Polizist, betonte es aber, als würde er über stinkenden Unrat reden. „Scheiße! Au!" Er fasste sich ins Gesicht, weil ihm seine heftige Reaktion auf die Frage des Polizisten Schmerzen bereitete.

Der Polizist sah ein, dass es nicht viel Sinn haben würde, weitere Fragen zu stellen und verabschiedete sich rasch. Jeffrey zog sich einen Stuhl heran und setzte sich neben das Bett.

„Ich hoffe mal, dass dieser Spuk jetzt vorbei ist. Aber wie um Himmels Willen kommst du auf die Idee, ohne deinen Bodyguard nach San Marco rauszufahren?" Er konnte ihm diesen Vorwurf nicht ersparen.

Markus schien klarer zu werden. Jetzt, da der Schmerz in ihm hochkroch, klärte sich auch das gesamte Bild. Auch wenn der Überfall selber nur bruchstückhaft in seinem Geist vorhanden war, er erkannte, dass er in einem Krankenzimmer lag, dass Jeffrey da war und auch, dass ein Polizist ihn befragt hatte. Sein Denken funktionierte wieder.

„Ich musste mal raus. Das alles machte mich wahnsinnig: dieser Irre, der es aus irgendwelchen Gründen auf mich abgesehen hat, dass ich mich nur bewegen konnte, als wäre ich im Gefängnis. Es reichte mir einfach." Markus sprach leise und ohne äußerliche Regung, um sich Schmerzen zu ersparen.

„Schon gut. Blöd ist nur, dass man dich erkannt und die Presse davon Wind bekommen hat. Die Sache wird also öffentlich", bedauerte Jeffrey.

„Ach, ist doch auch egal. Wenn nur dieser Verrückte endlich weggesperrt wird."

Ruland Becker wurde weggesperrt. Allerdings nur für einige Monate, da er plausibel machen konnte, dass der Angriff und die Briefe seinem persönlichen Frust entsprungen waren und keine tiefere Ursache hatten. Dennoch war klar, dass er Markus' Rolle als Terrorist für bare Münze zu halten schien. Da er aber absolut normal und einsichtig wirkte, und dies auch von zwei Gutachtern bestätigt wurde, konnte das Gericht nicht mehr tun, als ihm die Haftstrafe, ein Antiaggressionstraining und ein Umgangsverbot mit dem Schauspieler Markus Troyer aufzubrummen.

Dass Ruland Becker Markus tage-, ja wochenlang, aufgelauert haben musste, um ihn schließlich zu fassen zu bekommen, konnte nicht schlüssig bewiesen werden.

Kapitel 14

Es ist so schrecklich und ich kann mit niemandem darüber sprechen! Egal, wem ich von dem schrecklichen Überfall auf Markus erzähle, er würde in etwas hineingezogen, was Ruben eindeutig verboten hatte: Über den verlorenen Sohn zu reden, verbotene Magazine anzusehen, sich um die eitle Welt zu kümmern, an die wir Markus verloren haben.

Ein Verrückter bedrohte sein Leben! Und er hätte es beinahe geschafft, Markus ernsthaft zu schaden. Gut, dass es auch draußen beherzte Menschen gibt, die eingreifen, wenn einer in Not ist. Ob es Ruben nun passt oder nicht – ich habe an Markus geschrieben und ihn eingeladen. Er soll kommen und sich erholen von der abscheulichen, feindlichen Welt.

„Mutter, was ist los? Du siehst blass aus? War die Einkaufsfahrt zu anstrengend für dich?" Lucy tritt an den Tisch, an dem ich sitze, ihr Baby auf dem Arm, und würde gleich beginnen, es zu stillen. Sie und Mike mussten lange auf dieses Glück warten, aber wer weiß, vielleicht hat es die Natur so eingerichtet, dass sie nicht schon mit sechzehn Jahren Mutter sein musste und sich erst an das Leben als Haus- und Ehefrau gewöhnen durfte.

„Nein, Liebes, ich bin nur nachdenklich. Du weißt ja, dass mir alle meine Kinder fehlen, und daran denke ich eben gerade", antworte ich ihr ein wenig ausweichend. Doch sie kennt mich gut.

„Vor allem eines, nicht wahr, Mutter?" Lucy schaukelt beim Stillen in ihrem Schaukelstuhl und beobachtet ihren kleinen Sohn, Mike junior.

„Ja, du hast mich erwischt, Lucy. Er fehlt mir so sehr, weil ich weiß, dass er dort draußen nicht zufrieden ist. Er gehört da nicht hin."

„Aber er ist inzwischen über dreißig Jahre alt. Du wirst doch nicht denken, dass er nicht zurechtkommt", antwortet Lucy mit Entrüstung in der Stimme.

„Ach, Lucy, ein Kind bleibt ein Kind. Und wenn der Herr mich achtzig Jahre alt werden lässt und ihr seid sechzig und damit auf jeden Fall erwachsen, dann bleibt ihr dennoch meine Kinder."

„Mama, denke nicht, dass ich dich nicht verstehe. Inzwischen tue ich das. Aber du machst dir zu viele Sorgen. Es geht ihm gut, dort wo er ist. Wenn es dich beruhigt, lade ihn doch zu uns ein. Mike hat nichts dagegen, dass er bei uns im Haus wohnt. Du weißt, dass Papa ihm da nichts vorschreiben kann. Außerdem hat Mike mit den Ältesten darüber gesprochen. Sie haben keine Einwände, dass Markus kommt. Er muss ja nicht zu euch ins Großvaterhaus gehen."

Ich weiche ihrem Blick aus und sage ihr lieber nicht, dass ich den Brief schon längst weggeschickt habe.

Kapitel 15

Es war eine logische Entscheidung, nach all dem Trubel erst einmal abzutauchen und die Familie zu besuchen. Markus war nach Columbus geflogen und von dort aus mit dem Mietwagen nach Millersburg gefahren. Seine Mutter hatte ihn eingeladen und es drängte ihn danach, diese Einladung anzunehmen. Nun würde er Mike kennenlernen und Lucys Baby, worauf er sich gleichermaßen freute. Und natürlich auf seine Mutter.

Er hatte noch ein kleines Stück Weg vor sich, da die Farm seiner Schwester außerhalb lag. Er kam an vielen Käseläden vorbei und erinnerte sich, einmal gehört zu haben, dass die Farmer in Holmes County bevorzugt Käse herstellten. Das Land war weit und grün, etwas unterschiedlich zu Pennsylvania County, wie ihm schien, hügeliger, mit vielen Rindern auf den Weiden.

Er ertappte sich dabei, dass die letzten Jahre seinen Blick darin geschult hatten, alles nach Aspekten der Schönheit und Ästhetik zu beurteilen. Nein – nicht nur. Er tat sich nach wie vor schwer damit, Dinge oberflächlich und vordergründig zu sehen, blickte immer auch hinter die Fassade. Sich diese Fähigkeit zu erhalten, war ihm sehr wichtig. Deshalb sah er hier in Holmes County nicht nur die schmucken Farmhäuser, die gepflegten Gärten und liebevoll umsorgten Tiere. Er sah auch die Arbeit, die dahinterstand und das Gottvertrauen der Menschen. Mehr und mehr begann er, genau dieses Verhältnis zu seinem Schöpfer schmerzlich zu vermissen. Es schien sich zu bewahrheiten, was die Prediger immer wieder deutlich gemacht haben: *Die englische Welt war nicht dazu angetan, Gott zu finden.* Er selbst wollte nicht so weit gehen zu sagen, dass nur die Amisch mit ihrer weltabgewandten Lebensweise die Wahrheit gepachtet hätten, aber leicht wurde es einem Suchenden wie ihm in der Glanz- und Glitzerwelt gerade auch seines Berufes nicht gemacht.

Seit er sich jenen Sommer über der Baptistengemeinde in Charleston angeschlossen hatte, hatte er sich tiefer in deren Glaubensverständnis hineingedacht. Das Bild vom liebenden Gott, zu dem man kommen durfte, wie man zu einem guten Vater kam, gefiel ihm ausnehmend gut. Die positiven Predigten der Pastoren, die Mut und Trost schenkten, ließen die Bibel, so wie er sie kannte, in einem anderen Licht erscheinen. Nicht der strafende Gott der heimatlichen Prediger, die er als Kind und Jugendlicher erlebt hatte, stand im Mittelpunkt.

Obwohl bei ihm zu Hause jeden Tag in der Bibel gelesen wurde, jener altdeutsch geschriebenen Ausgabe, deren Worte weder sein Vater noch dessen Familie wirklich verstanden, konnte er sich nicht an die Texte des Neuen Testamentes erinnern, die besagten, dass man Gott in einer Notlage anrufen durfte.

Warum es ihm gerade in diesem Augenblick durch den Kopf schoss, wusste Markus nicht zu sagen, aber der Text aus dem Matthäus-Evangelium drängte sich so vehement in sein Bewusstsein, dass er anhielt und sich die Worte in Erinnerung rief: *Bittet, dann wird euch gegeben; sucht, dann werdet ihr finden; klopft an, dann wird euch geöffnet. Denn wer bittet, der empfängt; wer sucht, der findet; und wer anklopft, dem wird geöffnet. Oder ist einer unter euch, der seinem Sohn einen Stein gibt, wenn er um Brot bittet, oder eine Schlange, wenn er um einen Fisch bittet? Wenn nun schon ihr, die ihr böse seid, euren Kindern gebt, was gut ist, wie viel mehr wird euer Vater im Himmel denen Gutes geben, die ihn bitten. Alles, was ihr also von anderen erwartet, das tut auch ihnen!*

Es war seine Lieblingsstelle, wie für ihn gemacht. Sie drückte all das aus, was ihn seit Jahren umtrieb. Aber noch war er Suchender. Er hatte noch nicht gefunden.

Markus erinnerte sich an die Weigerung seines Vaters, ihm Fragen zu beantworten. Amisch fragten nicht, sie nahmen hin und akzeptierten. Baptisten durften suchen und fragen – und zuweilen bekamen sie auch Antworten, je nach Vermögen der Pastoren oder auch der einfachen Gläubigen.

Vertrug sich die Sichtweise des neuen Testamentes, des Fragens und Suchens, mit der Lehre der amischen Prediger? Markus wusste es nicht wirklich und würde es mit seinem spärlichen theologischen Wissen auch nicht herausfinden. Schon vor längerer Zeit hatte er beschlossen, diese Worte einfach auf ihn wirken zu lassen und nicht weiter zu hinterfragen. Wer wusste schon, welche Erfahrungen er machen, welchen Menschen er begegnen würde, die ihn in seiner Suche weiterbringen konnten?

Alles, was ihr von anderen erwartet, das tut auch ihnen. Die Goldene Regel! Er dachte an seinen Vater und die anderen amischen Männer, die zuweilen sehr hart sein konnten, auch wenn sie andererseits eine so große Hilfsbereitschaft an den Tag legten. Kannten sie diese Regel?

Markus schmunzelte, schaute in den Rückspiegel und fuhr wieder auf die Straße zurück.

Sie kannten sie sicher, natürlich. Aber in ihrer Auslegung waren sie kompromisslos, nicht nur den anderen, sondern auch sich selber gegenüber. Es war das erste Mal in all diesen Jahren seit dem großen Streit, dass sich ihm ein Gedanke aufdrängte: Litt sein Vater nicht ebenso wie er selber unter der Situation? Aber konnte er einfach nicht anders handeln, weil sein Glaube ihm eingab, den Sohn, der sich gegen seine Glaubensregeln gewandt hatte, wegzuschicken, bevor er noch mehr Mitglieder der Familie und der Gemeinschaft damit vergiften konnte? *Reiß das Auge aus, das dich zum Bösen verführt,* auch eine Stelle aus den Evangelien. Wie zerrissen musste sein Vater sein, zerrissen darin, zwischen seinem Sohn und seinem Glauben wählen zu müssen?

Markus atmete tief durch, so tief, wie sich diese Gedanken in seinem Gehirn eingenistet haben. Auf einmal war es ihm möglich, seinen Vater mit anderen Augen zu sehen.

Sein GPS-Gerät wies ihm den Weg nach rechts, eine Anhöhe hinauf. Dort stand ein einzelner Hof, ein großes Wohnhaus, zum Teil aus Stein gebaut, mit einem hölzernen Aufbau, einem ausladenden Stall und eine riesige Scheune mit den Silagebehältern an der Seite.

Die ganze lange Zufahrt entlang erstreckten sich großflächige Felder und Wiesen nach links und nach rechts. Näher am Haus befanden sich endlose Reihen von Gemüsebeeten. Markus erkannte Kürbisse, Tomaten, Zucchini, Kohlrabi und verschiedene weitere Kohlsorten. Ein reiches Sammelsurium an Produkten. Und viel Arbeit für die wenigen Leute, die auf der Farm lebten. Er war gespannt zu erfahren, wie sie das alles organisierten.

Links und rechts vom Wohnhaus stand eine Unzahl von Rindern auf der Weide. Prompt sprang Markus ein Hinweisschild an, das an der Einfahrt zum Hof aufgestellt war: *Obst und Gemüse, Käse, hier zu kaufen.*

Er fuhr auf den Hof. Direkt vor ihm erhob sich das Wohnhaus, das links einen kleineren, aber immer noch stattlich zu nennenden Anbau besaß, das *Großdaddyhaus,* in dem seine Eltern seit ihrem Umzug wohnten. Etwas abgesetzt auf der linken Seite, stand ein Haus, das in den Ausmaßen etwa seinem eigenen Elternhaus entsprach und ganz aus Holz gebaut war, offensichtlich das Austragshaus von Onkel und Tante.

Es gefiel ihm ausnehmend gut hier. Nachdem er sich überlegt hatte, wo sein Auto am wenigsten stören würde, parkte er und stieg aus. Allerdings machten sich die altbekannten Beklemmungen breit, die er immer empfand, wenn er seine Familie besuchte, was weiß Gott noch nicht allzu oft passiert war.

„Markus!" Lucy kam mit wehenden Röcken aus dem Haus gelaufen. Sie liebte den großen Bruder abgöttisch und umarmte ihn heftig. „Schön, dass du da bist!"

„Lucy! Die Ehe tut dir gut, das muss ich schon sagen. Ich hoffe, Mike behandelt dich gut?" Markus hielt seine Schwester, die frisch und rosig aussah und auch ein wenig an Gewicht zugelegt hatte, eine Armlänge von sich.

„Das hoffe ich doch, dass er das tut! Willkommen auf der Miller-Farm!"

Markus fuhr herum und grinste verlegen, als Mike auf ihn zukam und ihm die Hand zum Gruß hinstreckte.

Mike war eine angenehme Erscheinung. Ein kräftiger Bursche, braungebrannt mit dichtem, dunklem Haar und einem ebensolchen Bart, wie er bei den verheirateten Männern üblich war. Markus beschloss, ihn zu mögen.

„Freut mich sehr, Mike. Und Vorsicht! Lucy ist meine Lieblingsschwester, aber sag das den anderen nicht."

„Die anderen wissen das auch so!"

Wiederum dreht sich Markus um die eigene Achse. Hinter ihm waren Mary und Hanna aufgetaucht, die ihren Bruder ebenso herzten, wie Lucy zuvor.

Markus wirkte zerknirscht. „Es ist heute nicht gerade mein diplomatischer Tag, nicht wahr?"

„Oh…", Mary, die ein absolutes Ebenbild ihrer Mutter war, zuckte gleichmütig mit den Schultern, „…kein Problem, du warst auch nie unser Lieblingsbruder."

Sie lachte und sie und Hanna nahmen ihn zwischen sich in die Mitte und zogen ihn hinüber zum Wohnhaus. Lucy folgte ihnen beschwingt und Mike ging wieder an seine Arbeit zurück in die große Scheune.

Nach dem grellen Sonnenlicht draußen, mussten sich seine Augen erst an das gedämpfte Licht im Inneren des großen Wohnraumes gewöhnen. Auch hier war ein Teil nur durch eine angedeutete Abgrenzung links und rechts an den Wänden abgetrennt.

Dort, in der Küche, stand seine Mutter und rührte in irgendwelchen Töpfen. Während sie unablässig den Kochlöffel bewegte, wandte sie sich um. „Mädchen, nun nehmt mir das hier schon ab, damit ich meinen Sohn begrüßen kann!" Sie trat ungeduldig von einem Bein auf das andere.

Mary sprang hinzu und endlich konnte Markus auch seine Mutter in die Arme schließen. *Der verlorene Sohn ist der liebste,* schoss es ihm in seiner heutigen Bibellaune durch den Kopf. Aber er konzentrierte sich sofort wieder auf den liebevollen Empfang durch seine Familie.

„Du siehst wirklich gut aus, Mama!" Wie schon Lucy zuvor, hielt er seine Mutter an den Schultern fest und trat einen Schritt zurück, um sie ausführlich betrachten zu können.

„Ach, eitles Zeug!", wiegelte sie sofort ab.

„Ich meinte, du siehst *gesund* aus. Es geht dir doch hoffentlich auch gut?"

„Es könnte nicht besser sein. In jeglicher Hinsicht, Markus. Ich denke, es hat sich bewahrheitet, was ich erhofft hatte." Ruth führte nicht weiter aus, was sie meinte, doch Markus verstand sie.

Ruths lächelnde Miene wurde nachdenklich: „Doch wie geht es dir? Dieser Verrückte hätte dich umbringen können!" Aus ihrer Stimme sprach große Besorgnis.

„Niemals. Es kann jetzt ja nichts mehr passieren. Er ist im Gefängnis. Und Verrückte gibt es überall." Nun war es Markus, der abwiegelte, weil er auf keinen Fall preisgeben wollte, wie sehr er unter den unsäglichen Attacken gelitten hatte. Der Überfall war nur die Spitze des Eisberges gewesen. Und er war erstaunt, wie gut sie informiert war. Für ihn bestand kein Zweifel daran, dass sie häufiger als notwendig zum Einkaufen in einen der Discounter fuhr, um länger bei den Zeitschriften, die meistens vor der Kasse aufgebaut waren, zu verweilen, als unbedingt sein musste.

„Komm, setz dich, trink eine Tasse Tee und erzähle uns, wie es dir erging. Es werden ja nicht nur schlimme Sachen passiert sein." Seine Mutter wies auf einen der Stühle an dem großen Esstisch.

„Du meinst, ich soll euch wirklich erzählen, was ich so treibe?" Das überraschte Markus. Bisher interessierte sich niemand für das, was sein Leben ausmachte. Oder besser: Es durfte niemanden interessieren.

„Ich sagte bereits, es sind veränderte Zeiten."

„Denkst du, die Zeit ist reif, dass ich mich mit Vater versöhnen kann?"

„Du kannst zumindest mit ihm reden. Er ist ruhiger geworden, seit wir hier sind. Es ist, wie ich es sagte..."

Ruth hatte Teetassen auf den Tisch gestellt und Hanna brachte einen Kuchen herbei.

Mary stellte die Töpfe, in denen sie gerade Mehl angeschwitzt und Wasser aufgegossen hatte, beiseite, um sich dazuzusetzen und den dicken Eintopf später weiter zu kochen. Dann füllte sie heißes Wasser in die große Teekanne, in die Hanna bereits eine Handvoll getrockneter Kamilleblätter gegeben hatte, und brachte sie an den Tisch.

Schließlich setzte sich Lucy dazu, die ihr Baby aus der Wiege geholt hatte. Stolz zeigte sie es Markus, der das kleine Bündel sofort übernahm. Er liebte Kinder, konnte sich noch gut daran erinnern, wie er seine Schwestern herumgetragen hatte, wenn die Mutter keine Zeit dazu fand.

„Euch drei und Ida habe ich immer herumgeschleppt, wenn Mama vor lauter Arbeit nicht dazu kam, euch zu trösten. Ich war ein starker Junge, weil ich ständig irgendein Baby auf dem Arm gehabt habe, seit ich drei Jahre alt war", erzählte er und alle vier Frauen glaubten, ein wenig Wehmut in seiner Stimme wahrzunehmen.

„Hast du keine Sehnsucht nach eigenen Kindern?", fragte Lucy. Auch Ruth hatte diese Frage auf den Lippen gehabt, doch sie wollte aus Rücksicht nicht darauf herumreiten. Sie wusste genau, dass Markus durchaus gerne Kinder gehabt hätte, es sich in seinem Leben aber nun einmal nicht so ergeben hatte.

„Doch, ja. Natürlich. Wenn man in einer Familie mit acht Kindern aufwächst, dann ist das ganz normal, so einen Wunsch zu haben. Aber es ergab sich eben nicht", antwortete Markus schulterzuckend.

„Ist doch noch Zeit", wandte Hanna ein, die von seinen Schwestern die größte war. Sie kam nach Vaters Familie, die allesamt großgewachsene Menschen waren.

„Genau, ist doch noch Zeit." Markus herzte Mike junior und stand auf, als das Baby unruhig zu werden begann. Er war noch nicht bereit, es schon wieder aus den Armen

zu geben. Lucy und Ruth wechselten einen bedeutungsvollen Blick.

Baby Mike hatte in Markus etwas ausgelöst, was er lieber
nicht empfunden hätte: Es war der dringende Wunsch,
endlich eine Familie zu gründen. Warum nur konnte er
nicht die richtige Frau dazu finden? Gab es draußen in
der Welt keine, die das Leben mit ihm teilen wollte? Erstaunlicherweise dachte er dabei an Linda, die erste Frau,
die er mit anderen, *womöglich verliebten?*, Augen angesehen hatte, als alle Frauen vorher. Doch das war schon so
lange her, wieso drängte sich Linda in seine Gedanken?
Jeanette sollte ihm viel näherliegen. Immerhin war sie
diejenige, die über zwei Jahre hinweg seine Freundin gewesen war. Seine *richtige* Freundin, die ihre Sachen in
seinem Appartement liegen hatte und er in ihrem. Aber es
passte nicht. So wie auch die zaghaften Versuche, jemand
anderen zu finden, nicht passten. All das ging ihm durch
den Kopf, als er mit dem Baby auf dem Arm gedanken-
verloren durch die Stube spazierte.

Die vier Frauen am Tisch sahen ihm erstaunt zu und als
er, unvermittelt vor dem Tisch angekommen, ihre Blicke
bemerkte, verzog er das Gesicht zu einem Schmunzeln.
„Ich war jetzt für einen Moment ganz weit weg."

„Ja, das haben wir gemerkt. Und keiner von uns wird
dich jetzt fragen, wo du warst." Lucy stand auf und nahm
ihm nun doch ihr Baby ab. Sie hatte ein Teefläschchen
vorbereitet. Mikey nuckelte zufrieden daran.

Während der gemütlichen Teestunde lachten sie viel,
auch über Markus' kleine Anekdoten aus dem *englischen*
Leben.

Später, als Ruth und Hanna in der Küche zugange waren,
um für alle das Abendessen zu kochen, und Mary es sich
nicht hat nehmen lassen, Markus' kleines Gepäck herein-

zuholen, spazierte er mit Lucy und dem Baby durch den Obstgarten gleich hinter dem Haus. Er hatte ihn bei der Herfahrt nicht gesehen und wunderte sich nun über die immense Ausdehnung der Obstplantage, die bis hinauf an den Waldrand reichte, der in der Ferne lag.

„Ihr habt unendlich viel Arbeit hier. Könnt ihr denn all das Obst, Gemüse und den Käse auch gut verkaufen?"

„Oh, du würdest dich wundern. Es ist alles Bio-Qualität. Da ist der Ertrag nicht so hoch wie bei Nicht-Bio-Ware, aber wir liefern an viele Restaurants in Millersburg. Die meisten Äpfel gehen an eine Mosterei in Columbus, die Bio-Apfelwein herstellt, und das Obst und Gemüse, das nicht so schön anzusehen ist, verarbeiten wir zu Marmeladen, Relishes, trocknen wir oder machen es ein. Das verkaufen wir dann in unserem Hofladen. Der ist gut besucht. Wir haben von allen Nachbarn ringsherum die größte Auswahl. Deshalb kommen die Kunden auch lieber zu uns, weil sie da alles aus einer Hand bekommen."

„Es ist alles gut in Schuss. Habt ihr Arbeiter?" Markus zupfte einen Grashalm ab und kitzelte das Baby auf seinem Arm damit an der Nase. Mikey versuchte, danach zu greifen. Lucy beobachtete die beiden lächelnd.

„Wir haben Aushilfen. Meistens Jugendliche von den Familien, die rund um uns leben. Auch englische. Die meisten Amisch hier haben normalerweise genug mit ihren eigenen Höfen zu tun. Aber hie und da kommen ein paar *Rumschpringa*, die Geld verdienen wollen, um ein wenig die Welt da draußen kennenzulernen. Das sind meistens recht gute Arbeiter."

Markus blieb mitten im Hain stehen und betrachtete das reife Obst an den Bäumen. „Du meinst wirklich, Mike erlaubt mir, im Haus zu wohnen?"

„Er hat die Ältesten um Rat gefragt und sie waren damit einverstanden. Es kann also gar nichts passieren, großer Bruder."

Einerseits war Markus beruhigt, dass von dieser Seite aus kein Ärger entstehen konnte, andererseits hatte er durchaus ein Problem damit, Angelegenheit zu sein für die Ältesten hier, die er überhaupt nicht kannte. Er wechselte das Thema.

„Du hast nicht bereut, so früh geheiratet zu haben?"

„Nein, nie. Wirklich nicht. Das einzige, was mir Kopfzerbrechen bereitet hat, war, dass es so lange gedauert hat, bis ich schwanger geworden bin. Ich hoffe, das geht nicht so weiter."

„Dass du bald wieder schwanger wirst?"

„Nein, das Gegenteil. Dass es wieder drei Jahre dauern könnte."

„Überleg mal, wie viele Kinder zu haben wirst, bis du vierzig bist."

Markus sah sie offen an. Es war bei den Amisch durchaus nicht üblich, so deutlich über ein derartiges Thema zu reden.

Lucy schien nicht unangenehm berührt zu sein. „Es hat schon was für sich, einen Bruder in der Welt draußen zu haben, mit dem man derartige Dinge so unbefangen besprechen kann", sagte sie nach einer Weile. „Du hast in gewisser Weise schon Recht. Wer weiß schon, was der Herr mit einem vorhat. Wer weiß schon, wie viele Kinder er für mich vorgesehen hat – oder für dich." Sie blinzelte ihm zu und er fühlte sich, als wäre er der Jüngere und sie die Große.

„Wie ist es, hier zu leben?"

„Natürlich mussten wir uns eingewöhnen, Holmes County ist nicht Pennsylvania County. Aber die Nachbarn sind nett und haben uns sofort aufgenommen. Das lag natürlich auch an Onkel und Tante, die uns gut eingeführt haben. Aber ich glaube, du möchtest etwas ganz anderes wissen", schelmisch sah sie ihn von unten herauf an.

Sie hatte ihn ertappt. Lucy konnte ihn durchschauen, das war immer schon so gewesen, selbst, als sie noch ein ganz kleines Mädchen war. Er grinste.

Sie grinste zurück. „Es ist eine liberale Ordnung. Hier gibt es noch größere Unterschiede als bei uns früher. Der Bezirk der besonders strengen Ordnungen beginnt dort hinten, hinter dem Horizont. Hier dürfen wir sogar Fahrräder benutzen. Schon seltsam, nicht wahr? Dass man in einem Bezirk für etwas gebannt werden kann, was man im anderen frei benutzen kann."

„Das genau war es, was ich nie verstanden habe und weshalb ich letztendlich auch weggegangen bin", murmelte Markus in Gedanken, wandte sich dann aber wieder Lucy zu. „Du hattest Glück, junge Frau, dass du hier gelandet bist. Zwei Meilen vor dem Horizont."

„Ja, das habe ich wohl. Komm, wir gehen zurück. Wie lange möchtest du denn bleiben?"

„Ich habe mir Arbeit mitgebracht. Ich kann bleiben, so lange ihr mich ertragen könnt." *Solange Vater mich ertragen kann!* Er seufzte und Lucy runzelte die Stirn.

„Sprich mit ihm!", sagte sie dann.

Er sah sie irritiert an. „Das habe ich doch jetzt nicht laut gesagt?"

„Ich habe dir angesehen, dass du an Vater gedacht hast", lächelte sie.

Ja, sie konnte in ihm lesen, wie in einem offenen Buch.

Sie wanderten langsam hinunter zum Wohnhaus. Dort, im Schatten einer großen Kastanie, werkelte sein Vater, den er bisher noch nicht zu Gesicht bekommen hatte, an einem Gerät. Beim Näherkommen erkannte Markus, dass es sich um einen überdimensionalen Krauthobel handelte, mit dem man Krautköpfe zu Streifen und damit letztendlich zu Sauerkraut verarbeiten konnte. Die Halterung, mit der man das Gerät an einem Fass befestigen konnte, war abgerissen.

Lucy zwinkerte ihm aufmunternd zu, nahm ihm das schlafende Baby ab und ging durch den rückwärtigen Eingang in das Haus. Markus trat unter die ausladenden Äste des Kastanienbaumes.

Ruben Troyer saß auf der hölzernen Bank, die hier schon vielen Generationen eine Rast im Schatten ermöglicht hatte, und mühte sich damit ab, die Reste der Halterung des Krauthobels abzubekommen.

„Grüß Gott, Vater."

„Grüß Gott, Sohn."

„Darf ich dir behilflich sein bei deiner Arbeit?"

„Kennen deine Hände denn so eine Arbeit noch" Erstaunlicherweise übergab sein Vater ihm das hölzerne Teil.

„Doch, ich glaube schon, dass ich das noch hinbekommen kann." Markus setzte sich neben seinen Vater und beschäftigte sich mit der Reparatur. Währenddessen schwiegen beide, dann gab Markus seinem Vater das reparierte Gerät zurück.

„Ich möchte mit dir sprechen, Vater." Seine Erkenntnis, die während der Herfahrt so blitzartig über ihn gekommen war, drängte ihn, sich dem Vater mitzuteilen.

„Es hat sich an meiner Ansicht nichts geändert, Sohn."

„Aber an meiner, Vater."

Überrascht blickte Ruben Troyer Markus nun an. Bisher hatte er Augenkontakt stets vermieden. „Du willst doch noch zurückkommen?"

Markus senkte den Blick. „Nein, das nicht. Aber ich möchte dich trotzdem um Verzeihung dafür bitten, dass ich deine Beweggründe nicht verstanden habe, als du mich damals weggeschickt hast."

Ruben blieb stumm. Markus hatte noch nie abschätzen können, was im Gehirn seines Vaters vorging, so wie Lucy das bei ihm, Markus, konnte.

„Ich habe jetzt eingesehen, dass du gar nicht anders handeln konntest. So wie Paulus, der als Pharisäer die Christen verfolgt hat, bevor er selber zu einem Christen wurde. Er handelte nach seiner Überzeugung. Du konntest nicht anders handeln, als nach deiner Überzeugung. Und du musstest den Rest der Familie und der Gemeinschaft schützen. Davor, dass ich vielleicht Dinge ... Gedanken hineinbringe, die andere irritieren hätten können. Ich habe erkannt, dass du unter der Situation genauso gelitten hast wie ich. Und dass dir der Verlust des Sohnes genauso nahe gegangen ist, wie mir der Verlust meiner Familie. Nur, dass ich diesen Weg mehr oder weniger freiwillig gewählt habe." Markus endete mit einem tiefen Atemzug. Er wusste nicht, ob er die richtigen Worte gefunden hatte, aber ihm war nun, da er es ausgesprochen hatte, leichter ums Herz.

Nach einer sehr langen Pause, fing sein Vater an zu sprechen: „Du hast damit Recht, wenn du meinst, dass ich im Sinne unserer Ordnung gar nicht anders handeln konnte. Und du hast auch damit Recht, dass ich unter der Situation genauso leide, wie deine Mutter und deine Geschwister. Aber es hat sich nichts an der Ausgangssituation geändert. Du bist verloren für die Gemeinschaft. So lange, bis zu wieder zu uns zurückkommen möchtest, mit allen Konsequenzen."

„So lange ich nicht Abbitte leiste und mich taufen lasse, wirst du mit mir nicht an einem Tisch sitzen?"

„So ist es. Es schmerzt mich, aber so ist es."

Markus stand auf. „Gut, dass ich mit dir reden durfte. Aber zurückkommen, das kann ich nicht. Ich teile die religiösen Ansichten der Amisch einfach nicht mehr. Aber ich werde nicht darüber sprechen, so lange ich hier bin. Das kann ich versprechen. Ich will niemanden verletzen oder auf dumme Gedanken bringen."

„Dann sei es so." Ruben Troyer stand auf und trug den Hobel hinunter in die Scheune und ließ Markus nachdenklich auf der kleinen Bank sitzen.

Genaugenommen musste er um diese kleine Annäherung froh sein. Er hatte inzwischen sein dreißigstes Lebensjahr überschritten und es war an der Zeit, dass er sein Leben ordnete. So wie es war. Dazu gehörte, dass er sich von seiner Familie nicht weiter entfernte, als ohnehin schon. Dass er dieses Idyll hier erleben durfte, dass er hier sein durfte, war in seiner Situation nicht selbstverständlich. Er nahm sich vor, das nicht aufs Spiel zu setzen.

Im Obergeschoss des Haupthauses gab es noch einige freie Zimmer, die irgendwann mit Kinderlachen erfüllt sein würden. Im Moment hatte er die freie Auswahl, wo er wohnen wollte und er entschied sich für den Blick auf den Obstgarten.

Es war Erntezeit. Noch schaffte es die Familie mit ihren vielen Händen, das selbst zu pflücken, was man täglich zum Ausliefern oder für den Hofladen benötigte. Schon in der nächsten Woche würden Erntehelfer mit der Apfelernte beginnen.

Am nächsten Morgen stand Markus ebenso früh wie die anderen auf, ging selbstverständlich mit in den Stall und ließ sich ebenso selbstverständlich das reichhaltige Frühstück schmecken. Obwohl die beiden älteren Ehepaare nicht mit im großen Haus wohnten, wurden alle Mahlzeiten gemeinsam eingenommen, die von Ruth und Lucy zubereitet wurden. Die anderen Frauen halfen bei der Ernte oder im Hofladen.

Markus hatte unmissverständlich deutlich gemacht, dass er nicht zusammen mit den anderen essen würde, um seinem Vater den Platz am Familientisch nicht streitig zu machen. Er nahm sich sein Essen mit hinaus auf die Veranda und genoss die Wärme der Spätsommersonne. Sein Vater hatte nichts dagegen, wenn ihm Familienmitglieder dabei Gesellschaft leisteten und so saß er mal mit dieser, mal mit jener Schwester, mal mit seiner Mutter, mal mit Onkel und Tante und zuweilen auch mit Mike auf der Armesünderbank. Die Mahlzeiten waren die einzigen Gelegenheiten, an denen Markus das unsichtbare Kainsmal spürte, das ihm anhaftete.

Ansonsten half er bei der Erntearbeit begeistert mit. Harte Arbeit hatte er nie gescheut und zu sehen, wie sich die Körbe mit dem Kohl füllten oder die Tomatensträucher sich leerten, war eine dankbare und lange vermisste Erfahrung.

Da keiner Erwartungen an ihn hegte, konnte er frei entscheiden, was er tun wollte. Gegen Abend, wenn die Frauen begannen, die aussortierten Früchte des Tages zu verarbeiten, saß er mit ihnen zusammen, schälte Äpfel, schnitt Einmachgemüse zurecht oder würfelte Zucchini für das außergewöhnlich leckere und natürlich geheime Familienrezept eines Zucchinirelish, das sich ebenso außergewöhnlich gut verkaufte. Er merkte mit Erstaunen, dass die Millerfarm ein eigenes Label besaß, das sich auf den Aufklebern auf den Vorratsgläsern ausnehmend gut machte.

Während der Abende, wenn die Männer auf der Veranda saßen und ihre amischen Zeitungen lasen oder miteinander eine kühle Limonade tranken, zog er sich unter die Kastanie zurück und nahm sich seine Drehbücher vor. Er musste den Text vorbereiten, auswendig lernen und sich die Szenen in seinem Kopf lebendig machen.

Kurz gesagt: Es war ein perfektes Leben. Markus erkannte, dass er die ganze Zeit über auf der Suche gewesen war und es nicht einmal gemerkt hatte, was sich in seinem Unterbewusstsein so unvollkommen anfühlte. Nach drei Wochen harter Feldarbeit und ergiebiger Textelernerei, hatte er einen Entschluss gefasst. Er würde sich eine Residenz in einem ländlichen Gebiet suchen, vielleicht sogar eine Farm mit Tieren. Aber vorerst brauchte er dazu eine passende Frau. Nun – der Entschluss war gefasst, an der Umsetzung mochte es noch etwas hapern.

Kapitel 16

Im Oktober kehrte er wieder zurück nach Jacksonville, um kurz darauf für die Dauer der Dreharbeiten zur neuen Serie nach Kalifornien umzuziehen. Er entschied sich, so lange dort zu bleiben, wie die Dreharbeiten dauerten und nicht ständig hin und her zu fliegen, wie Jeffrey dies machte. Sie arbeiteten eng zusammen, da Jeffrey sich dazu entschieden hatte, die zweite Hauptrolle zu übernehmen, und galten bald als erstaunliches Dreamteam. Oder wie Lou es ausdrücken würde: Die beiden funktionierten miteinander.

Ein gutes Jahr hatte er mit den ersten beiden Staffel der Serie zu tun, dann benötigte er nach den aufreibenden und stressigen Dreharbeiten dringend eine Pause. Die nächsten beiden Staffeln sollten im Jahr darauf gedreht werden und dazwischen wollte Lou ihn unbedingt zum Film mit Linda Gold überreden. Er ging sogar so weit, Linda, die sich in Orlando aufhielt, zu einem Essen nach San Franzisco einzufliegen, natürlich, um Markus zu überreden, den Film doch noch zu machen.

Sie saßen in einem Fischrestaurant in einer stillen Ecke, nur er und Linda. Lou nutzte die Zeit zu einigen Verhandlungen mit Produzenten, die einige seiner anderen Stars unter Vertrag nehmen wollten.

Markus hatte sich gefreut, Linda wiederzusehen und hatte deshalb auch keine Einwände gegen Lous offensichtliche Intrigen. So lange Lous kleine Spielchen als solche erkennbar waren, amüsierten sie Markus eher, als dass sie ihn störten.

Er hatte Linda von ihrem Hotel abgeholt und sie hierher chauffiert. Nun aßen sie ihr exzellentes Fischgericht und taxierten sich gegenseitig mit offenem Interesse.

„Du siehst gut aus, Amisch-Junge", lächelte Linda, während sie das Weinglas hob und ihm zuprostete.

„Ich denke, das wäre eigentlich mein Text gewesen, also, bis auf den ‚Amisch-Jungen', natürlich." Er prostete zurück und wurde sogleich ernst. „Du bist wirklich schön, Linda. Ich habe sehr oft an dich gedacht in den letzten Jahren. Irgendwie warst du meine erste richtige Liebe", gab er offen zu.

Ihre Miene zeigte Erstaunen. „Das hast du erfolgreich zu verbergen gewusst, Markus. Ich meine, bis auf diesen einen Kuss war nichts gewesen. Wie hätte ein junges Mädchen da auf die Idee kommen können, dass jemand in sie verliebt sein könnte?"

„Du vergisst, dass der Junge bis dahin noch niemanden geküsst hatte. Woher sollte ich wissen wie man einer Frau sagt, dass man in sie verliebt ist? Vor allem, wenn man keine Ahnung vom wirklichen Leben hat."

Markus schämte sich beinahe über seine damalige Einfalt. Er musste wirklich ein komisches Bild für die anderen abgegeben haben.

„Ja, das muss sehr schwierig für dich gewesen sein. Obwohl ich nie das Gefühl hatte, dass du ein unbedarfter Junge wärst. Du hast eine immense Stärke und Lebenserfahrung ausgestrahlt. Ich habe zu dir aufgesehen."

„Und das hast du erfolgreich zu verbergen gewusst." Sie aßen eine Weile schweigend weiter. Dann legte Markus das Besteck hin und betrachtete ihr Gesicht. Sie war makellos schön. Viel schöner noch als vor langer Zeit, als sie noch ein unbekümmertes junges Mädchen war. „Wie ist es dir ergangen seither?"

„Oh, ich habe viele Filme gemacht. Du weißt, dass du mit einer der bestbezahlten amerikanischen Schauspielerinnen zu Abend isst?"

„Weiß ich, aber das habe ich nicht gemeint."

„Das habe ich auch nicht gedacht." Sie aß ihren Teller betont langsam leer, dann stützt sie das Kinn auf die gefalteten Hände und schaute ihn ebenso taxierend an, wie er sie zuvor. „Ich habe eine sehr schmerzhafte Abnabelungsphase von meiner Mutter hinter mir. Ein paar Ausbruchsversuche aus dem Goldenen Käfig ins pralle Leben, Partys, Alkohol, ein paar Männer, die es nicht wert waren, dass ich sie überhaupt angesehen habe. Aber das liegt jetzt hinter mir. Genaugenommen bräuchte ich nicht mehr zu arbeiten. Aber es macht mir Spaß. Ich bekomme gute Rollenangebote und ich kann mir den Luxus erlauben, auszuwählen, was ich machen möchte. Als Lou und Nathan – du weißt schon, mein Agent – die Idee mit dem Film hatten, war ich sofort begeistert. Nathan meint, wir funktionieren miteinander."

„Ja, Lou sagt auch so was."

„Aber du bist nicht begeistert?"

„Warum bist du gekommen? Um mich zu überreden, den Film doch zu machen?"

„Sie haben mich nicht dazu angestiftet, falls du das meinst. Aber ja, ich würde den Film gerne mit dir machen, wie gesagt. Warum hast du was dagegen?"

„Hab ich das?"

„Ach komm, Lou sagte es mir. Er versteht nicht, wieso du dich so sträubst, ein wenig nackte Haut zu zeigen. Ich weiß natürlich, warum das so ist. Selbstverständlich habe ich Lou davon nichts gesagt. Trotzdem fände ich, dass du es wagen solltest."

„Denkst du, man könnte ein wenig an den Szenen feilen? Vielleicht wäre weniger ja mehr."

Sie lachte vergnügt auf. „Ja, ich denke, das könnte man tatsächlich. Du machst das also?"

„Wenn sie noch keinen anderen verpflichtet haben."

„Lou hatte eine Option drauf legen lassen. Eine Bedenk-zeit."

„So was geht?"

„Offensichtlich. Die wollen eben nur dich ... und mich."

Der Abend verlief zauberhaft. Und doch sprang der Funke nicht über, wie Markus es insgeheim erhofft hatte. Linda war gereift, genauso wie er auch. Die unschuldige Liebe, die vielleicht noch in der schwülen Sommernacht in Charleston vorhanden gewesen war, gab es nicht mehr. Doch eine große Zuneigung zu ihr war geblieben.

Natürlich stürzte sich die Presse darauf und kreierte das neue Traumpaar Linda Gold und Markus Troyer. Genauso wie Lou vorhergesagt hatte. Da weder Linda, die den ganzen Rummel in ihrem Leben schon hinter sich hatte, noch Markus, der von Hause aus eher introvertiert war, großes Interesse daran hatten, sich oft und ausgiebig in der Öffentlichkeit zu zeigen, flaute das Interesse der Presse auch bald wieder ab. Aber das Publikum liebte sie. Sie wurden gemeinsam in Talkshows eingeladen und auf Events, zuweilen auch noch mit Jeffrey Rosenberg. Obwohl der mit Linda noch nie zusammengespielt hatte.

Um im Sprachgebrauch der Agenten zu bleiben: Sie funktionierten auch zu dritt miteinander. Ausnehmend gut sogar. Jeffrey war der immer galante, schlagfertige Plauderer, der zum richtigen Zeitpunkt einen Spaß zu machen verstand. Linda blendete durch ihre Schönheit und die selbstverständliche Eleganz, die sie auch in ihre Antworten legte. Und Markus blieb der Bodenständige, Introvertierte, der meistens am wenigsten von allen sprach, dafür aber tiefgründige Kommentare abgab.

In der dritten und vierten Staffel der Goldsucherserie wurde für Linda eine Hauptrolle geschaffen, was einem grandiosen PR-Gag gleichkam und der Serie gigantische Einschaltquoten bescherte.

Nach diesem Hype waren alle drei froh, nach den erneuten Dreharbeiten in Kalifornien, endlich wieder nach Hause zurückkehren zu können und Markus beschäftigte sich nun ernsthaft mit seiner Idee, eine Farm zu kaufen. Er war so begeistert davon, Angebote zu sichten und sich seinen Tagträumen hinzugeben, dass er vollkommen übersehen hatte, dass Ruland Becker aus der Haft entlassen worden war. Erst einige Wochen später fiel ihm das Datum, das er sich auf einem Zettel in seinem Kalender zwar notiert, dann aber in eine falsche Abteilung geschoben hatte, in die Hände. Doch der positive Verlauf der letzten Jahre und seine neue Idee, die ihn ganz in Anspruch nahm, übertünchte die unterschwellige Angst vor dem Verrückten, die tief in ihm immer noch vorhanden war.

******

Ruland Becker sperrte seine Haustür auf, nachdem er endlich das Gefängnis hinter sich lassen konnte. Er hatte es sich schlimmer vorgestellt dort, aber nachdem er weder ein Kinderschänder, noch ein Vergewaltiger, noch ein Mörder war, sondern als Schläger galt, ließ man ihn lieber doch in Ruhe.

Ein Knasthäuptling hatte versucht, ihn in seine krummen Geschäfte hineinzuziehen, aber Ruland hatte es verstanden, ihn mit List und Tücke aufs Kreuz zu legen. Nach dieser heimlichen Zusammenarbeit mit dem Wachpersonal konnte er willkommene Vorteile im Gefängnis nutzen, und keiner traute sich mehr an ihn heran. Abgesehen davon saß er die wenigen Monate auf einer Backe ab! Und von allen Insassen gehörte er am Wenigsten hierher. Er hatte versucht, einen Massenmörder dingfest zu machen, aber wie es schien, hatte die Polizei das nicht verstanden. Nun denn, dann musste er eben selber dafür sorgen, dass Markus Troyer, der Terrorist, seiner gerechten Strafe zugeführt würde.

Er arbeitete an einer Spitzenidee. Die war ihm gekommen, während er diese endlosen Arbeitseinsätze in der Anstaltsküche abreißen musste. Nun setzte er diesen Plan langsam und penibel in die Tat um.

Er brauchte dafür einen ganz bestimmten Job. Das war der schwierigste Teil von allen.

„Ich habe im Gefängnis wirklich gelitten und kann jetzt für eine Weile keine Menschen mehr sehen. Da hoffte ich, dass Sie mir eine Chance geben, hier unten in Frieden arbeiten zu können." Ruland hatte schnell herausgefunden, welche Putzfirma die Räume der pathologischen Abteilung saubermachte. Er hatte sich gleich am Tag nach seiner Entlassung auf den Weg gemacht, um seine Dienste anzutragen und verlegte sich gegenüber dem Personalleiter aufs Betteln.

„Als Putzmann in der Pathologie? Ist nicht so, dass das ein beliebter Job bei meinen Angestellten wäre."

„Na eben. Ich habe alle Auflagen des Gerichts erfüllt, meine Strafe abgesessen und wäre froh, überhaupt einen Job zu haben. Sie werden sehen, dass sie keinen Grund zur Klage haben werden."

„Ach, warum nicht. Ist ohnehin immer so ein Problem, dafür jemanden einzuteilen. Die sind nachts da nicht so gerne allein mit all den Gefriertoten."

Der Personalleiter mochte höchstens fünfundzwanzig Jahre alt sein. Ruland verabscheute ihn. Er hasste es, wenn jemand so abschätzig über einen anderen sprach, der eine Arbeit tun musste, um seine Familie durchzubringen. Fast freute es ihn, dass er dem Bürschchen eine auswischen konnte. Denn nun, mit dem Job in der Tasche, war er sich sicher, dass sein Plan funktionieren würde.

Kapitel 17

Markus hatte eine Besprechung bei Lou hinter sich. Auch wenn sein Agent seine wahre Herkunft immer noch nicht kannte, kamen sie miteinander hervorragend zurecht. Lous Ratschläge waren fundiert und Markus konnte ihnen vertrauen.

Von Lou aus gesehen, war sein ernsthafter und zurückhaltender Superstar ein Glücksgriff gewesen. Von seinen Kollegen wusste der umtriebige Manager, dass sie zuweilen extrovertierte Typen bevorzugten, die über die Stränge schlugen und Schlagzeilen produzierten. Er selber mochte die ruhigen und besonnenen Leute, denn für die konnte er die Schlagzeilen selber bestimmen. Meistens jedenfalls.

Er hatte eine ganze Menge von ihnen unter Vertrag, durchaus erfolgreiche Sternchen, aber seine Superstars waren eindeutig Jeffrey Rosenberg, der nette Junge von nebenan, der immer in die Kamera lächelte und mit seiner Rebekka ein affärenfreies Leben führte – und natürlich Markus Troyer, dem trotz der vielen erfolgreichen Jahre ihrer Zusammenarbeit immer noch der Hauch eines Geheimnisses umwehte. Was die Presse erfuhr, war in der Regel das, was Lou bereit war, preiszugeben. Trotzdem interessierte er sich ganz persönlich für den Teil in Troyers Lebenslauf, der nicht komplett war: seine wahre Herkunft. Außer, dass er in Philadelphia geboren sein soll, machte Markus keine Angaben, weder zu seiner Familie noch zu seiner Schulbildung.

Nachdem Markus das Büro verlassen hatte, saß Lou noch einige Zeit über den persönlichen Unterlagen seines Klienten, die er sich von seiner Sekretärin hatte bringen lassen. Er erinnerte sich, wie er Markus entdeckt hatte: Damals in Charleston, als er mit Robert, einem seiner anderen Schauspieler, einen Vertrag durchgehen musste und hingereist war. Da kam dieser Schreiner, der noch dazu hervorragend deutsch sprach, von woher auch immer und flashte alle mit seiner Vorstellung. Lou grinste in sich hinein. Würde er es nicht besser wissen, könnte man annehmen, der Bursche wäre vom Himmel gefallen. Kein Vorleben, keine Kindheit, keine College-Geschichten, nichts von alledem!

Natürlich hatte er versucht, selber ein wenig zu recherchieren und hatte eine seiner Angestellten darauf angesetzt. Das Ergebnis war spärlich: Es gab Troyers in Philadelphia, sogar einige Markus oder Mark Troyer, die jedoch nicht in Verbindung mit *seinem* Markus Troyer gebracht werden konnten. Und mit dem angegebenen Geburtsdatum gab es keine Entbindung in einem der Hospitäler in und um Philadelphia.

Sein Schützling log ihn also an. Aber Lou wusste nicht, ob er Markus damit konfrontieren sollte. Bisher klappte alles hervorragend. Er verdiente eine Menge Geld mit ihm. Warum also schlafende Hunde wecken?

Lou klappte die Unterlagen wieder zu. Irgendwann würde er schon herausfinden, was mit Markus Troyer tatsächlich los war. Bis dahin konnte er sich schon noch gedulden.

Markus hatte sein Auto in der Tiefgarage abgestellt und war mit dem Aufzug bis zum Eingang gefahren, um nach seiner Post zu sehen. Der Portier der Nachtschicht hatte gerade seinen Dienst begonnen und grüßte freundlich zu ihm herüber. Die wenigen Briefe waren zum größten Teil auch noch Werbung und Markus legte sie, als er seine Wohnung betrat, achtlos auf den Schreibtisch, der in einer

Ecke des großen Wohnraumes stand und nur selten genutzt wurde. Er war kein Büromensch, hatte Mühe, seine privaten Unterlagen geordnet zu bekommen und war dankbar dafür, dass alles Geschäftliche von Lous Büro abgewickelt wurde.

Gerade hatte er das neue Skript für die nächsten Staffeln seiner Serie bekommen und wollte sich an diesem Abend darin vertiefen. Linda und Jeffrey waren nach wie vor dabei und so freute er sich auf die Dreharbeiten, die aber erst im übernächsten Jahr fortgeführt werden sollten, da mit vier Staffeln noch genug Sendematerial zur Verfügung stand. Alles sah nach einer langen Pause aus, wenn sich nicht doch noch ein Angebot ergab, das er nicht ablehnen konnte und das die freie Zeit füllen würde.

Obgleich er gespannt auf die Story war, fielen ihm bereits nach wenigen Seiten die Augen zu. Vor der kurzen Besprechung mit Lou hatte er den ganzen Tag über auf dem Gestüt verbracht, auf dem Jeffrey seine beiden Pferde untergestellt hatte. Jeffrey und auch Rebekka hatten eine Schwäche für die edlen Tiere, für Markus stellten sie etwas vollkommen Alltägliches dar. Doch, er mochte Pferde, hatte sich zu Hause um sie gekümmert, mehr als einer seiner Brüder. Er war ein guter Reiter, auch ohne Sattel, da die Jungs bei ihm zu Hause, so wie er selber, keine Zeit darauf verschwendet hatten, einen Sattel aufzulegen, wenn sie die Tiere bewegen wollten. Das wiederum beeindruckte Jeffrey, der sich noch lieber mit Markus über seine Pferde unterhielt, seit er wusste, dass er einen wirklichen Fachmann vor sich hatte.

Die drückende Florida-Schwüle hatte bereits wieder begonnen und so war der Tag letztendlich recht anstrengend und kräftezehrend verlaufen. Markus legte das Drehbuch beiseite, schwang sich auf die Couch und schaltete das Fernsehgerät an, was er an sich recht selten machte. Lieber las er ein Buch, wozu er heute aber keine Konzentration mehr aufzubringen in der Lage war.

Er war auf der Couch eingeschlafen, erwachte aber wie üblich früh am nächsten Morgen. Da die Schwüle sich noch nicht zur Gänze durchgesetzt hatte, stand zu erwarten, dass zumindest der frühe Morgen noch einigermaßen erträglich sein würde und er entschied sich, ein Bad im Meer zu nehmen. Schwimmen zu gehen war eines der größten Vergnügen, das er durch die weltliche Lebensweise dazugewonnen hatte, und normalerweise besuchte er Jeffrey niemals, ohne auch in den Atlantik zu springen. Nun holte er seine Badesachen und die Sonnencreme und fuhr mit dem Lift hinunter in die Tiefgarage.

Gutgelaunt zog er den Schlüssel aus der Hosentasche und klickte auf den Türöffner des Fahrzeuges. Da er kein Geräusch hörte, nahm er an, dass er – so wie meistens – vergessen hatte, gestern Abend abzuschließen. Jetzt erst kam das Auto in sein Blickfeld. Obwohl es eigentlich nicht gerne gesehen wurde, hatte er rückwärts eingeparkt, weil das normalerweise in den engen Parkbuchten leichter ging, als später rückwärts wieder ausparken zu müssen.

Er hörte die Brandschutztür hinter ihm und schaute sich um, wer um diese frühe Morgenstunde schon unterwegs war. Es war Alice, eine junge Frau, die im Stockwerk unter ihm wohnte. Er grüßte freundlich über die Schulter hinweg und drehte sich dann im Näherkommen wieder zu seinem Fahrzeug hin.

Augenblicklich traf es ihn wie ein Keulenschlag!

Er fühlte förmlich, wie die Farbe aus seinem Gesicht wich, so schlecht wurde ihm jäh in diesem Sekundenbruchteil! Es war ihm nicht bewusst, aber ein kurzer, erstickter

Schrei entrang sich seiner Kehle. Er musste sich an einem der Stützpfeiler festhalten.

„Ist was Markus?" Alice kam näher.

Ihre Frage holte ihn aus seiner Erstarrung. „Bleib weg Alice!" Mit einer heftigen Geste hielt er sie auf Abstand. Sie blieb sofort stehen. „Ruf die Polizei an und sag denen, hier ist eine Leiche."

Ein schauderhafter Anblick bot sich ihm. In seinem Auto auf der Beifahrerseite saß ein toter Mensch. Bleich und blutverschmiert. Es war eine junge, schmale Asiatin und ringsherum, außen wie innen, war eine rote Flüssigkeit verschmiert. Markus, der mit Filmblut vertraut war, nahm keine Sekunde an, dass es richtiges Blut sein könnte. Die Leiche jedoch war zweifellos echt!

Der Lack wies tiefe Kratzspuren auf. Auf der Motorhaube stand *Massenmörder* zu lesen.

Markus konnte nicht anders, als sich an Ort und Stelle hinzusetzen und sich gegen den Pfeiler zu lehnen. Er hatte das Gefühl, ohnmächtig zu werden, so sehr überwältigte ihn die so lange in seinem Inneren brachliegende Angst. War Ruland Becker so weit gegangen, einen Menschen wegen ihm zu ermorden? Diese Frage drehte sich in seinem Kopf in einer Endlosschleife. Nicht einen Augenblick dachte er daran, dass sein Stalker sich vielleicht noch in der Tiefgarage aufhalten könnte.

Alice musste mit dem Aufzug zum Eingangsbereich fahren, da das Handy in der Tiefgarage, die zugleich als Schutzraum gebaut war, nicht funktionierte und nun kam sie zusammen mit dem Nachtportier zurück, der erst in einer Stunde an die Tagschicht übergeben würde.

„Bleibt weg, beide!" Markus wollte niemandem diesen schrecklichen Anblick zumuten, doch beide ließen sich nicht davon abhalten, zumal Markus selber äußerst mitgenommen wirkte.

„Komm lieber du selber weg von hier." Alice und der Portier halfen ihm in die Höhe und zogen ihn um die Ecke, wo sich ein Revisionskasten für die Elektrik befand. Darauf setzte er sich nun. Alice zog eine Wasserflasche aus ihrem Rucksack, da sie selber gerade zum Frühsport unterwegs gewesen war.

„Komm, trink einen Schluck." Weder sie noch der Portier hatten die schauderhafte Szene genauer in Augenschein genommen. Lediglich die roten Spuren am verwüsteten Auto hatten sie aus den Augenwinkeln bemerkt.

„Es ist mein Stalker, dieser Becker, der mich seit Jahren schon belästigt. Er hatte mich damals überfallen und wurde einige Zeit weggesperrt. Nun ist er wieder in Aktion", erklärte Markus, da er das Gefühl hatte, etwas erklären zu müssen.

„Der ist doch wahnsinnig! Wie kann man einen Wahnsinnigen wieder freilassen?" Alice setzte sich neben Markus. Ihnen blieb nichts weiter übrig, als auf die Polizei zu warten.

Der Portier, der wieder hinaufgefahren war, hatte dem Polizeiwagen den Weg in die Tiefgarage freigegeben und nun untersuchten zwei Beamte den Ort des Geschehens, nachdem sie Markus und auch Alice befragt hatten.

Die gesamte Fläche wurde gesperrt und alle begaben sich in das Büro des Portiers, wo auch dieser befragt wurde. Nachdem sich Markus ein wenig beruhigt hatte, wiegelte er ab, als die Polizisten einen Arzt bestellen wollten. Aus seinem Schrecken war inzwischen heillose Wut geworden. Wut darüber, dass dieser Ruland Becker ihn nach wie vor im Griff hatte.

Immerhin ließ sich relativ leicht nachvollziehen, wie der Stalker mit seiner Fracht in die Tiefgarage gekommen war und letztendlich auch, um wen es sich handelte. Auch war ziemlich schnell klar, dass es sich bei der Toten um eine junge Frau handelte, die bei einem Unfall gestorben war und sich bereits in der Pathologie befunden hatte. Becker war also immerhin nicht der Mörder. – *Und die junge Frau wurde nicht seinetwegen ermordet!* wie Markus erleichtert dachte, als er es hörte.

Der Hergang der ganzen grausigen Angelegenheit konnte innerhalb weniger Stunden erschöpfend rekonstruiert werden. Inzwischen war im Keller die Spurensicherung zugange gewesen, die das Auto zu weiteren Untersuchungen mitgenommen hatte. Markus hoffte, es nie wieder sehen zu müssen.

Nach der ersten Befragung im Portiersbüro konnte Markus in seine Wohnung zurückkehren. Alice hatte ihm zwar angeboten, eine Weile bei ihm zu bleiben, aber er wollte keinen beinahe Fremden um sich haben.

Er rief Jeffrey an, der auch sofort kam. Nun saßen sie im Wohnraum auf der Couch. Vor wenigen Minuten hatte sich ein Detective zu ihnen gesellt, der sie über den Stand der Ermittlungen auf dem Laufenden halten wollte.

„Ruland Becker hat in der Pathologie des Klinikums eine Putzstelle angenommen. Der Mann, der ihn eingestellt hat, meinte, er hätte sich regelrecht aufgedrängt. Und weil es nicht so leicht ist, für die einsame Nachtarbeit dort jemanden zu finden, hat er ihn auch genommen. Das war vor etwa drei Wochen. In der letzten Nacht nun muss er die Leiche dieser jungen Frau mit einem Lieferwagen, den er gemietet hatte, weggeschafft haben. Dann kam er verkleidet hierher, hat dem Portier vorgespielt, dass er vom

Gaswerk käme und der hat ihn natürlich reingelassen, in der Annahme, dass es sich um einen Notfall handelte. Becker hatte behauptet, die Verbrauchswerte der Anlage wären so hoch, dass man nachsehen müsse, ob nicht ein Leck da wäre. Und dazu brauche er seine Ausrüstung, die sich nun mal im Fahrzeug befände. Den Rest haben wir ja mit eigenen Augen gesehen." Der Detective war ungefähr in Markus Alter. In etwa konnte er sich vorstellen, wie es jemanden ging, der auf diese massive Art und Weise gestalkt wurde. Er zuckte bedauernd mit den Schultern, als er ihm den Vorgang schilderte.

„Es hört sich alles so einfach an. Der spaziert da einfach rein und keinen interessiert es. Wieso hat der Portier nicht mitgedacht? Mit einem Auto irgendwo reinzufahren, wo Gas ausströmen könne. Was für ein Blödsinn!" Markus hatte Mühe, seine Wut zu zügeln. „Wieso hat der Portier nicht wenigstens auf dem Überwachungsmonitor gesehen, was der da im Keller treibt?"

„Er hat im Verlaufe des Abends gemerkt, dass die eine Kamera nicht funktioniert, die den Bereich Ihres Parkplatzes abdeckt. Aber es war mitten in der Nacht. Wegen einer Kamera wollte er keinen Aufstand machen. Trotzdem haben wir die Bilder von Ruland Becker beim Ein- und Ausfahren. Er ist es eindeutig, auch, wenn er sich einen Bart angeklebt hat. Auch der Personalmann von der Putzfirma hat Becker eindeutig identifiziert, abgesehen davon hat Becker dort unter seinen richtigen Namen gearbeitet."

„Und haben Sie ihn denn nun festgenommen?"

„Wir haben natürlich sofort sein Haus in Augenschein genommen und auch die Nachbarn befragt. Aber er ist dorthin noch nicht zurückgekehrt. Ich befürchte, er wird auch nicht zurückkommen. Und Jacksonville ist groß."

Markus atmete tief durch und blieb stumm.

Jeffrey fragte: „Er ist also auf freiem Fuß und könnte jederzeit wieder zuschlagen, nicht wahr?"

„Aus irgendeinem Grund nimmt er den Film, in dem Sie einen Terroristen gespielt haben, für bare Münze."

Markus hielt es nicht mehr auf dem Sofa. Er stand auf und wanderte rastlos im Zimmer herum. „Aus irgendeinem Grund... ph! Ich sage Ihnen, was der Grund ist. Der Kerl ist verrückt. Durchgeknallt! Der wird nicht eher Ruhe geben, bis er mich um die Ecke gebracht hat und fühlt sich dann wahrscheinlich auch noch als der große Held!"

Der Detective runzelte die Stirn und Jeffrey sagte: „Ich fürchte, ich muss Markus da recht geben. Der wird keine Ruhe geben. Auch wenn er es beim letzten Mal noch geschafft hat, alle zu täuschen, jetzt ist doch wohl offensichtlich, dass wir es mit einem Irren zu tun haben."

„Ja, das sehe ich auch so. Sie wissen aber so gut wie ich, dass uns beim letzten Mal die Hände gebunden waren. Die psychologischen Gutachten waren eindeutig und haben sich für ihn ausgesprochen. Beide Gutachter", versuchte der Detective eine Rechtfertigung.

Markus winkte ab. „Geschenkt. Das hilft uns jetzt nicht weiter. Aber was soll ich nun machen? Wieder Bodyguard, wieder nicht aus der Bude rausgehen? Du liebe Zeit, der hat es in die überwachte Tiefgarage geschafft! Der sprengt doch das Haus in die Luft, nur um mich zu erwischen. Wer weiß denn schon, wie der tickt?"

„Wir fahnden nach ihm. Mit Hochdruck. Er hat den Mietwagen auf einem Supermarktparkplatz stehen lassen und ist von dort zu Fuß oder mit öffentlichen Verkehrsmitteln weiter. Da sind wir noch bei der Befragung der Busfahrer und auch in den Taxizentralen. Bisher ergebnislos. Ehrlich gesagt, ich denke, dass der unglaublich intelligent ist. Sich so einen perfiden Plan auszudenken, spricht schon für sich."

Markus behielt für sich, was er dachte, nicht nur über seinen Peiniger, auch über die Polizei im Allgemeinen und den Detective im Besonderen. Obwohl der auch nicht allzu überzeugt von dem zu sein schien, was bisher herausgefunden werden konnte.

„Brauchen Sie mich hier in Jacksonville oder kann ich weggehen?" Er hatte, einer plötzlichen Eingebung folgend, einen Entschluss gefasst, den er unbedingt sofort in die Tat umsetzen wollte.

„Wohin wollen Sie?"

„Das möchte ich niemandem sagen."

„Sie haben doch nicht vor ..."

„Quatsch! Ich möchte mein Gesicht aus dem Verkehr ziehen, sozusagen. Wenn Sie mich erreichen wollen, fragen Sie meinen Manager. Ich gebe Ihnen seine Adresse. Der wird wissen, mit wem ich in Verbindung stehe."

„Sie erwarten jetzt nicht, dass ich das gutheiße."

„Nein. Aber ich kann doch wohl auch nicht hier festgehalten werden? Ich bin doch das Opfer."

„Das ist richtig. Gut, aber geben Sie uns noch ein paar Tage. Vielleicht löst sich die Sache bis dahin ja auch wieder auf."

„Ich melde mich ab, wenn ich abreise. In Ordnung?"

Markus konnte es plötzlich nicht schnell genug gehen und komplimentierte den Detective regelrecht hinaus. Er stand schon an der Tür, als der noch saß und sich daraufhin genötigt fühlte, aufzustehen und sich vom Acker zu machen. Genaugenommen verstand er die Reaktion Troyers. Mit so viel Hass verfolgt zu werden, löst in jedem den Fluchtreflex aus. Noch dazu, wenn es sich um eine so öffentliche Person handelte, wie einen erfolgreichen Schauspieler.

Jeffrey saß entspannt auf der Couch und beobachtete leise schmunzelnd die Szene. Als Markus die Tür hinter dem Polizisten geschlossen hatte, lachte er frei heraus.

„Den hast du aber jetzt elegant rausgeschmissen."

„Ach, ich bin es leid, das ganze Geschwätz. Sie hatten ihn und haben ihn wieder auf die Menschheit losgelassen. Und jetzt stehe ich da mit einer Leiche im Keller." Markus ging die unfreiwillige Komik dieses Satzes erst mit einiger Verzögerung auf und nun grinste er.

„Ich muss bei der toten Frau Abbitte leisten, aber ich kann nichts machen, ich finde es grade irgendwie komisch, das Ganze."

Beide wurden gleichzeitig wieder ernst.

Jeffrey beugte sich nach vorne, um seinen Worten mehr Nachdruck zu verleihen. „Du gehst dorthin, wo Öffentlichkeit und Presse keine große Rolle spielen. Und wo die Menschen sich eher die Zunge abbeißen würden, als einem Journalisten etwas über einen der ihren zu verraten. Kann es sein, dass ich richtig liege?"

„Kann sein, ja." Markus goss Jeffrey einen Cognac ein und dann sich selber. Er trank einen kleinen Schluck, dann schwenkte er nachdenklich das Glas in der Hand, betrachtete den Teil der Skyline von Jacksonville, den er von seinen Panoramafenstern aus sehen konnte, und wandte sich dann wieder zu Jeffrey um.

„Würdest du mein Mittelsmann sein? Mir die Post nachschicken, Ansprechpartner sein, falls mich jemand sucht, ohne mich aber zu verraten?"

„Natürlich. Wohin wirst du gehen? Zu deiner Familie nach Ohio oder nach Pennsylvania County in dein Haus?"

„Ich kann das meiner Familie nicht antun. Ich werde mich in mein Haus zurückziehen. Ich denke, es ist sicher reparaturbedürftig. Ein wenig Hand anlegen, körperlich arbeiten. Vielleicht tut mir das ganz gut."

„Könnte Becker dich über einen Grundbuchauszug finden?"

„Das Haus wurde nie offiziell überschrieben. Das..."

„... machen die Amisch nicht, schon klar."

„Jedenfalls nicht grundsätzlich. Bei großen Geschäften schon. Aber nein, auf diese Weise kann er mich nicht finden."

„Wohin kann ich deine Post schicken?"

„Nach Coatesville, postlagernd. Sagen wir ..., also nun ... an John Dolan. Ich gebe dir die genaue Adresse noch."

„John Dolan. Hört sich an wie John Doe, der sprichwörtliche Niemand." Jeffrey spielte auf die gerade bei der Polizei übliche Praxis an, unbekannte Personen als John oder Jane Doe zu bezeichnen.

„So war's auch gedacht. *John Doe* wäre zu auffällig gewesen, deshalb eben John Dolan."

„So, und nun pack zusammen und komm mit zu mir und Rebekka. Dann kannst du dich ja mit einem von unseren Badezimmern näher anfreunden." Jeffrey wollte der Situation, die Markus so offensichtlich über das Erträgliche hinaus belastete, den Ernst nehmen.

„Du bist ein echter Freund, weißt du das?" Markus stellte den Cognacschwenker auf die blankpolierte Tischplatte und schlug Jeffrey auf die Schulter. „Aber ich kann euch da auf keinen Fall mit hineinziehen."

„Blödsinn! Mein Anwesen ist geschützt und wir lassen ein paar Bodyguards aufmarschieren. Abgesehen davon wird keiner wissen, dass du bei mir bist."

Markus ließ sich überreden. Allein der Gedanke, sich hier im Haus noch länger aufhalten zu müssen, löste eine meterdicke Gänsehaut bei ihm aus. Er würde niemals zur Ruhe kommen, solange Ruland Becker sich noch auf freiem Fuß befand.

Er packte ein paar Sachen zusammen, fuhr mit Jeffrey hinunter in die Tiefgarage und verließ in dessen schnittigem Sportwagen mit den getönten Scheiben das Haus.

Rebekka und Jeffrey bemühten sich nach Kräften, Markus die Situation ein wenig zu erleichtert. Er telefonierte lange mit Linda, die von einem unsäglichen Presseartikel informiert worden war. Dieser Artikel und die darauffolgende Medienkampagne setzte Markus zusätzlich zu.

Niemand konnte sich erklären, woher das Blatt die Bilder von der Leiche in Markus' Auto in der Tiefgarage hatte, obwohl ja nicht allzu viele Personen dafür in Frage kamen. Viel später erfuhr Jeffrey, dass es der Tagesportier im Appartementhaus war, der der Versuchung nicht widerstehen konnte, mit den heimlich gemachten Handybildern eine schöne Stange Geld zu verdienen. Doch die Lawine war losgetreten. Fernsehsender belagerten in erster Linie das Appartementhaus. Einige besonders gewiefte Journalisten hatten den richtigen Einfall, bei Jeffrey nachzufragen. Da Ponte Vedra kein abgesperrtes Stadtviertel war, obgleich sehr viele reiche Menschen dort wohnten, konnten sich die Fernseh- und Presseteams dort ungehindert bewegen. Dummerweise auch hinter dem Haus, auf dem öffentlich zugänglichen Strandabschnitt, von dem aus man ohne größere Probleme über die Brücke zum Haus gelangen konnte. Jeffrey postierte einige Bodyguards dort, die verhinderten, dass die Presseleute allzu aufdringlich wurden. Aber Markus war es müde, wie eine Beutelratte zu leben. Ständig auf der Flucht. Er plante eine Reiseroute, meldete sich bei der Polizei ab und ließ sich von Jeffrey zum Flughafen hinausfahren. Nur mit einer Reisetasche und einer großen Summe an Bargeld – wer wusste schon, ob dieser Becker nicht auch Zugriff zu seinen Kreditkartendaten bekommen konnte? – reiste er ab.

Als er im Flieger nach Chicago saß, überlegte er, dass er sich wirklich wie eine Beutelratte verhielt: Er flüchtete kreuz und quer durch Nordamerika, um letztlich dann doch, relativ gesehen, ganz in der Nähe aufzuschlagen: Im Paradies bei Paradise.

Sicherheitshalber war er in Philadelphia gelandet, nicht in Harrisburg, was auch möglich gewesen wäre. Er kam aus Toronto, zuvor hatte er in Vancouver Station gemacht, was ihm zupass kam, weil er die angeblich schönste Stadt Kanadas ohnehin einmal sehen wollte. Wiederum zuvor war er von Chicago nach Denver, Colorado, gefahren und auf diesem Trip durch Omaha und Lincoln gereist, wo er in einem Motel übernachtete.

Nun, in Philadelphia, kaufte er bei einem Gebrauchtwagenhändler ein Auto. Eine weiße Mittelklasselimousine, die zu ihm passte, so wie die Sportflitzer zu Jeffrey passten. Er bezahlte bar und holte das Fahrzeug, nachdem die Formalitäten erledigt waren, später ab.

Gleich hinter Philadelphia tauchte er ein in die Welt, die ihm vertraut war. Mit Lucy, seiner kleinen Schwester, waren sie einmal in Philadelphia gewesen, als sie sich einer ärztlichen Untersuchung unterziehen musste. Seine Mutter hatte ihn mitgenommen. Lucy vertraute ihm, seit er ihr Leben gerettet hatte, wovon sie felsenfest überzeugt gewesen war. Markus konnte sich noch gut daran erinnern, wie fasziniert er vom Großstadtverkehr gewesen war – und wie sehr er sich gewundert hatte, welch ein Gestank dort herrschte, Abgase, Kanalisation, Ausdünstungen von Lokalen, Kaminen, Fabriken. Er konnte die Gerüche nicht einordnen, aber sie gefielen ihm nicht. Seither weckten die Aromen der Städte immer wieder aufs Neue diese Erinnerung, an Philadelphia und an Lucy und ihren Ausflug dorthin.

Da wenig Verkehr herrschte, war er in nicht einmal einer dreiviertel Stunde in Coatesville. Dort fuhr er sofort zum Postamt und erledigte die Formalien für die postlagernden Sendungen für sein Pseudonym, dann fuhr er hinaus über Gap nach Paradise. Er hatte die viel längere Route über Intercourse gewählt, um möglichst viel von der Umgebung in sich aufnehmen zu können.
Vielleicht, so gestand er sich ein, aber auch nur deshalb, um sich selber noch ein wenig Zeit zu geben, bevor er mit Daniel und Maria Fisher zusammentraf, die den Schlüssel für sein Haus hatten.

Hier hatte sich nichts geändert. Alles war beim Alten und genau das war es, was er im Moment so dringend benötigte. Aber wie würden seine Nachbarn reagieren? Und würde es Ruland Becker schaffen, ihn auch hier ausfindig zu machen?
Markus war erschöpft. Er wollte ankommen. Endlich. Er fuhr von der Hauptstraße ab und bog zum Anwesen der Fishers ein.

Die Titel der Trilogie lauten:

Band 1 „Nicht von dieser Welt – Die wilden Jahre"
Band 2 „Nicht von dieser Welt – Die Rückkehr"
Band 3 „Nicht von dieser Welt – Das Ende der Reise"

Lydia Preischl

Das Jahr des Bären

Roman

Die Sprachstudentin Theresa lernt in London einen jungen Kanadier kennen. Sie verlieben sich ineinander und verbringen eine glückliche Zeit zusammen. Dennoch ist eine Trennung zunächst unvermeidlich, da Tim wieder nach Kanada und zu seiner Arbeit als Polizist zurückkehren muss. Ein intensiver Briefwechsel folgt, aber eines Tages bricht der Kontakt ab. Theresa ist verzweifelt und fliegt schließlich mit ihrem letzten Geld nach Kanada. Dort erfährt sie, dass Tim bei einem Einsatz in den Bergen tödlich verunglückt ist.

Aber das Leben schreibt manchmal bereits beendet geglaubte Kapitel fort...

Die romantische Liebesgeschichte lädt ein zum Mitleiden und Mitfreuen!

Susanne Büchner, eine junge Deutsche, lebt ihren Traum und unternimmt eine lange Reise nach Australien. Obgleich sie sehr geplant und vorsichtig zu Werke geht, strandet sie aufgrund einer Autopanne auf einer einsamen Straße am Rande des australischen Outback. Eine zufällig vorbeikommende Gruppe von jungen Leuten hilft ihr aus der misslichen Lage. Doch die vermeintliche Hilfe gerät zur Katastrophe: Sie werden von der Carlton-Bande entführt, die einen Kumpanen freipressen wollen. Die fünf Verschleppten erleben die schlimmsten Tage ihres Lebens...

Auch wenn Dinge sich zum Guten wenden, es ist nie wirklich vorbei.

Der Krieg hat es nicht wirklich geschafft bis auf den abseits gelegenen Bauernhof der Krämers. Da findet die junge Anne in den letzten Monaten des Krieges einen schwerverletzten Kriegsgefangenen, der aus einem Lager geflohen ist. Trotz aller Gefahren nimmt ihn die Familie auf und pflegt ihn gesund. Nach Kriegsende zieht die gute Tat Anfeindungen, aber auch Vorteile nach sich. David, so heißt der junge Amerikaner, dankt ihnen sein Überleben nicht nur einmal. Er verhilft Anne zu ihrem Glück. Doch bleibt er selbst dabei auf der Strecke?

Eine Geschichte voller Emotionen - Angst, Freude, Leid. Das Buch entführt in die dunkelste Zeit deutscher Geschichte – und ist doch so positiv und voller Leben.